A LIBÉLULA DOS SEUS OITO ANOS

Martin Page

A LIBÉLULA DOS SEUS OITO ANOS

Tradução de
Bernardo Ajzenberg

Rocco

Título original
LA LIBELLULE DE SES HUIT ANS

EDITORA ROCCO LTDA.
Av. Presidente Wilson, 231 – 8º andar
20030-021 – Rio de Janeiro – RJ
Tel.: (21) 3525-2000 – Fax: (21) 3525-2001
rocco@rocco.com.br
www.rocco.com.br

Printed in Brazil/Impresso no Brasil

preparação de originais
CARLOS NOUGUÉ

CIP-Brasil. Catalogação na fonte.
Sindicato Nacional dos Editores de Livros, RJ.

P149l Page, Martin, 1975-
A libélula dos seus oito anos/Martin Page; tradução de Bernardo Ajzenberg. – Rio de Janeiro: Rocco, 2010.

Tradução de: La libellule de ses huit ans.
ISBN 978-85-325-2584-0

1. Ficção francesa. I. Ajzenberg, Bernardo, 1959-. II. Título.

CDD–843
10-2810 CDU–821.133.1-3

Para Anne, amiga e epistolária.

Foi numa tumba egípcia da décima oitava dinastia que o sorriso de Fio apareceu pela primeira vez. No dia 8 de junho de 1912, o jovem lorde Dalhousie atravessava o anfiteatro rochoso de Deir El-Bahari, sítio arqueológico já conhecido e explorado, coberto por dezenas de tendas brancas, agitado pelo vaivém ininterrupto de equipes heterogêneas, numa mistura de amadores deslumbrados, universitários brilhantes e traficantes. Sua bolsa do British Museum, obtida graças ao apoio de seu professor, o célebre F. L. Griffith, estava no final e os únicos tesouros que ele levaria para a Inglaterra eram aqueles que havia comprado dos profanadores de sepulturas. Lorde Dalhousie passou a mão no rosto para limpar a poeira acumulada ao longo dos vários dias de caminhada; olhou para o norte, a Inglaterra, o condado de Cumbria, seus montes enevoados e verdes, seus lagos. No momento em que tomava a decisão de voltar para casa, um de seus carregadores desapareceu subitamente, tragado pelas profundezas do deserto; a areia abriu-se sob os seus pés. O carregador gritou até que sua cabeça se esmagasse no choque com uma lápide dez metros abaixo. Lorde Dalhousie retomou as esperanças, seus olhos se iluminaram como se tivessem adquirido a capacidade de refletir o sol. Com a ajuda de uma simples corda, desceu pelo buraco, que descobriu, então, tratar-se de um hipogeu. Erguendo sua lamparina a óleo, avistou um afresco representando Nebamon, um dignitário tebano, e sua esposa; confortavelmente acocorada entre eles, a filha, e em seu rosto uma fagulha a revelar o sorriso de uma Fio ainda não nascida.

Lorde Dalhousie morreu três anos depois, de uma doença misteriosa, sem nunca ter revisto o condado de Cumbria, orgulhoso, até o fim, de sua contribuição para a egiptologia, feliz por ter, apesar de sua vida curta, descoberto tantos tesouros e trazê-los à tona para oferecê-los à posteridade. Nunca duvidou da verdadeira maravilha que havia retirado do esquecimento, daquele ouro que não brilhava, daquele diamante cor de carne.

Talvez o sorriso de Fio tivesse viajado antes disso por pinturas mais antigas, afrescos de outras civilizações, talvez em pinturas rupestres, mas não restara nenhum sinal disso. Se houvesse um catálogo, bem fininho, das obras nas quais o sorriso de Fio está presente, qualquer tentativa de encontrar alguma lógica para os seus diferentes aparecimentos seria vã: ele pode ser encontrado na China, numa aquarela sobre seda de Ma Yuan do século XIII; em Whistler, na terceira versão de sua *Sinfonia em branco* ou no seu retrato de Madge O'Donoghue; e na *Menina de azul* de Modigliani. Séculos podiam passar sem que aparecesse, até que de repente ele ressurgia duas vezes num mesmo ano. A foto de uma jovem resistente polonesa em quem um oficial nazista passa uma corda no pescoço é o último rastro do sorriso de Fio antes de sua eclosão no rosto de sua legítima proprietária. Não surpreende que nenhum historiador da arte jamais tenha registrado a genealogia do sorriso de Fio: é preciso conhecê-lo para vê-lo, há que amá-lo para descobri-lo.

No dia 9 de maio de 1980, o sorriso de Fio passou pela abertura do útero de sua mãe. Era um sorriso ainda informe, prematuro, e certamente os domingueiros sorridentes e felizes não o teriam aprovado. O sorriso de Fio se domesticava em relação ao olhar dos outros, só aparecia sob certa granulação de uma luminosidade rara, no véu de uma semiescuridão, nos momentos que não vivem em nenhum segundo e nos olhos daqueles que estão a dizer as suas últimas palavras. Seus lábios finos e pálidos como os de um horizonte anêmico contrastavam com seus cabelos ruivos; mexiam-se pouco, mesmo quando Fio falava; mas o sorriso estava sempre ali, bem presente. Tornava-se brilhante para quem o intuísse, era sublime para aqueles que tinham a imaginação capaz de enxergá-lo daquela forma naquele rosto comum. Não se saberia dizer se o seu sorriso era o ponto de partida ou de chegada da ironia que irradiava de Fio. Era uma ironia suave como a lâmina de uma faca a recortar a pétala de uma rosa. Se os mortos pudessem sorrir, sorririam assim.

Às dezessete horas e treze minutos do dia 18 de dezembro, o sol ainda não tinha mostrado a sua face, mas o tempo não ficara parado. Chovia desde o começo do dia; chovia desde o orvalho matutino nas ruas acinzentadas e maltratadas, nos telhados cinza, verdes e inclinados; chovia nos cabelos grisalhos, desalinhados, castanhos, longos ou curtos dos passantes; nos guarda-chuvas, nos tetos dos automóveis e nos capacetes dos motociclistas; chovia nos pombos em pleno voo e nos mendigos adormecidos; nos jornais que ficavam para fora nas bancas; nos pescoços dos trabalhadores apressados, nas lentes dos óculos, nas pastas dos estudantes.

Chovera sobre Fio também, e, como ela não acreditava em guarda-chuvas, estava totalmente encharcada. Abriu a porta do prédio; a tempestade continuava. Depois de jogar o sobretudo verde-musgo em cima de uma cadeira e o pulôver azul-marinho no canto de roupas sujas da sala, viu-se sentada de pernas cruzadas no sofá. Não tinha forças para secar os cabelos; calculou que os lavaria mais tarde, observando que o clima gostava de ser chuvoso sempre que seu cabelo estava engordurado; além disso, sentia-se feliz em poder comprovar que o acontecimento meteorológico prosseguia do outro lado da janela da sala. O vermelho do sofá aproveitou algumas gotas. Com uma toalha de banho, ela retirou as sobras de água que havia sobre a pele e a roupa, mas os fios da chuva tinham sido costurados tão delicadamente, que acabaram misturando-se com o tecido ainda mais.

Fio enxugou as mãos na camiseta branca, levantou-se, atravessou a sala, segurou a maçaneta da geladeira, mas, no último momento, não a abriu. Soltou a mão direita da maçaneta de alumínio com uma espécie de premonição de que poderia se queimar. O encadeamento tinha sido perfeito demais, ela começava a fazer as coisas tão mecanicamente, que já nem se lembrava de sua realização. A própria geladeira já previa os gestos dela. Os objetos aprendem a maneira com que os abordamos, acabam conhecendo aqueles que acreditam possuí-los. A louça estava lavada, o chá repousava fumegante perto do sofá, mas ela não conseguia se ver executando todos esses gestos. A vida rotineira ganhara músculos. De tanto treino, acabava atenuando os pequenos obstáculos olímpicos do dia a dia. Fio não queria que o seu cotidiano ficasse tão musculoso que as horas passassem como se fossem segundos; temia essa eficiência azeitada, que anulava a consciência da execução das coisas. Às vezes, quando estava triste, esse torpor lhe era útil, mas ela conhecia muito bem os perigos dessa droga que é a repetição. Para quebrar o costume, abaixou a mão direita e abriu a geladeira com a esquerda. O refrigerador grunhiu, descontente com esse desvio. O frio colou-se no rosto de Fio em pequenos toques de um pincel glacial. O iogurte que ela escolheu caiu no chão. Sua falta de jeito a confortou. Apanhou o pote amassado, pegou uma colherzinha e voltou a se sentar no sofá.

Observou na parede em frente a reprodução de uma gravura de Hokusai, *A grande onda*. O apartamento era grande demais para uma garota sozinha, nunca se habituara ao espaço de que dispunha. Tinha a vantagem de lhe deixar lugares o bastante para não precisar arrumar nada. Os objetos se distribuíam ao acaso pelos cômodos e pelo corredor. Suas roupas se espalhavam no quarto, os discos ficavam em torno do aparelho de som na sala, os filmes perto da televisão, os livros, pratos, xícaras multiplicavam-se em todos os cômodos. O apartamento, porém, não transmitia nenhuma sensação desagradável de desordem; ao contrário, aquela bagunça tinha um charme, como um jardim natural lotado de plantas exóticas que tivessem tido a liberdade de crescer sem nenhum direcionamento. Quando a poeira começava a mostrar a cara, Fio recolhia tudo, empilhava os livros na biblioteca, lavava e organizava as xícaras, as roupas, punha o sofá em pé, passava a vassoura e o pano de chão, para recomeçar do zero a geologia de seu mundo e vencer a entropia. Mas a desordem, perseverante, voltava como a maré, deixando novos peixes e conchas, pedaços de destroços e águas-vivas. Não foi ela que pintou as paredes com aquele verde titica de pato, nem foi ela que comprou os horríveis móveis azuis da cozinha equipada. Não escolheu nada ali, parecia-lhe, mais, que o apartamento é que a encontrara numa revista, na seção "locatários". Ela fizera com que o local se acostumasse com a sua presença. Pouco a pouco a sua alma se infiltrou nos cômodos, nos móveis azuis da cozinha, e a partir de então o apartamento adquiriu a cor Fio.

Depois de trocar a água da tigela de Pélam, sentou-se de pernas cruzadas no sofá e bebeu o chá em pequenos goles fazendo um som de sucção. Era uma de suas combinações preferidas, um Earl Grey misturado com frutas cítricas e flores azuis, aconselhado pelas duas moças da Companhia Inglesa de Chás. Tomava-o sem açúcar, pois seu sabor, tão rico em flores e em China, bastava para alegrar o seu palato e os seus pensamentos. Não teria mais aulas até 3 de janeiro e, como de costume, encontrara algo melhor para fazer do que estudar. Naquele final de tarde, esse algo constituía em não fazer nada, e isso já era o bastante. Talvez dali a um ou dois minutos ela abrisse um livro, de preferência um romance, um romance abundante em seres vivos retirados de seu estado de coma pela medicina dos olhos de uma leitora, onde não existe ar-condicionado e onde a escuridão embute aquele maravilhoso cheiro de papel impresso, em que o sol não se encontra mais no céu, mas sim em três letras, S, O, L. Sol.

Um terrível pensamento colocou as oito patas aveludadas sobre a sua quietude: em menos de doze horas, o domingo sairia de sua casca. Um calafrio subiu por toda a sua coluna vertebral. Ela considerou que um dia ainda seria preciso submeter esse dia criminoso a julgamento, colocá-lo na prisão ou alguma coisa assim. O domingo nunca fora seu fã. Felizmente, vinha sendo menos presente havia alguns anos, e não lhe roubava mais de um dia na semana. Sua juventude inteira tinha sido um domingo, um longo dia durante o qual as lojas estavam fechadas para ela, no qual ficava sozinha em casa, sem nada para fazer, no qual mesmo quando o tempo está bom o céu azul tem um gosto de coisa cinza.

Apertou a tecla do controle remoto e a voz de Neil Hannon saiu do velho e detonado aparelho de som colocado no meio da sala. Constatou, *a posteriori*, que a geladeira estava quase vazia, coisa de que não se apercebera ao abri-la; o ronco de sua barriga trazia de volta à sua mente a imagem das prateleiras desocupadas. Precisava fazer umas compras. O supermercado ficava a algumas dezenas de metros de sua casa, na rua de Belleville, seriam apenas cinco minutos, mas ela sabia que passaria mais tempo sentada no sofá pensando nas compras do que na sua efetivação propriamente dita.

Com um empenho desenvolto que não se dava sem alguns pequenos sofrimentos e alguma angústia, ela lidava com a realidade como se fosse um esporte competitivo. Mesmo sem fazer abdominais sociais, na maior parte do tempo conseguia executar os exercícios necessários para levar uma vida cordata. Cansada e relaxada, ela se postava corretamente na linha de partida para dali sair a fim de comprar pão, encontrar seus colegas na universidade... Disparava um tiro dentro da cabeça e saía correndo. Talvez visitasse Zora de passagem. Elas conversariam, atirariam na parede da cozinha de sua vizinha com uma pequena Beretta; mirariam bem, já que não precisavam mirar em nada, mas aquilo faria furos na parede, que parecia cada vez mais uma lua retangular e plana. Talvez. Ou então permaneceria sentada de pernas cruzadas no sofá vermelho escuro sonhando com um futuro tímido demais para se realizar, continuaria a fazer suas modestas esperanças suarem, treinando-as para os ataques finais da realidade. Mas, por enquanto, seu coração ainda possuía muitas coisas a serem massacradas tranquilamente, e ela não estava convencida de ter acabado de falar a si mesma. O chá caíra na hora certa, quando essa hora é justamente qualquer hora, inundando-a com sua volúpia. Pegou um bloco de papel que estava jogado no ladrilho branco esmaltado e começou a escrever coisas importantes que a faziam tremer.

Batidas rápidas foram dadas na porta. Isso surpreendeu Fio, pois para entrar no prédio era preciso tocar a campainha no interfone ou saber a senha. E só Zora e ela a conheciam. Lembrou-se, porém, de que na semana anterior a vizinha tinha arrombado a porta com uma clava, pois esquecera a sua. Fio não teve tempo de se erguer do sofá, o visitante teve a amabilidade de não incomodá-la com isso e entrou sozinho, radicalizando a polidez ao nem sequer lhe pedir desculpas.

– É Fio Régale? É Fio Régale.

Ser chamado pelo nome por um estranho transmite sempre a sensação de não se pertencer mais a si mesmo. Fio apertou a xícara, todos os seus músculos se tensionaram; o homem avançou mais. Ela olhou de soslaio para o canto esquerdo do sofá e calculou que em caso de necessidade teria tempo suficiente para enfiar a mão debaixo da almofada e pegar o revólver que Zora lhe dera de presente. O jovem estava calmo, convicto de poder sentir-se no direito de importuná-la e entrar em sua casa sem autorização. Não que não tivesse nenhuma cerimônia ou fosse uma pessoa agressiva, simplesmente crescera em um mundo onde todas as portas estavam sempre abertas para ele, dando toda vez para aposentos cheios de pessoas que o amavam e o acolhiam com cordialidade. Seus amigos diziam que ele era o mais adorável dos homens na categoria abaixo de setenta e cinco quilos, e infelizmente isso era verdadeiro.

– O senhor é da polícia?

– Polícia? Não...

– Não bateu na porta – disse Fio franzindo as sobrancelhas e afastando da testa clara uma mecha ruiva.

– Acredite, esse é um detalhe que não terá o menor interesse para a História.

Falando como se estivesse diante de uma multidão domesticada, ele acrescentou que "a História não se lembra de se bateram na porta ou não, se limparam os pés no capacho ou não, lembra-se apenas de que alguém entrou". Sentiu-se contente com essa sua tirada; tinha-a ensaiado no carro durante todo o trajeto. Já estava registrada no diário íntimo que ele guardava no bolso da camisa. Cuidava muito dele, pois um dia seria publicado: um editor, convencido do futuro brilhante do rapaz, e, se não de sua posteridade, ao menos da posteridade de algumas pessoas com quem ele se encontrava, pagara um importante adiantamento por esse livro.

Fio sentiu-se tomada pela impressionante delicadeza de seus traços e pela distinta beleza de seu rosto. Era o passaporte para o olhar dos outros o que lhe dava o sentimento de se sentir em casa em qualquer lugar. No século IX, Li Yi-Chan ensinava que as crianças deveriam aprender a praticar perfeitamente seis artes: a música, os ritos, o tiro com arco, a escrita, o cálculo e a arte de conduzir uma carruagem. A pose e a postura de Charles Folquet indicavam que ele controlava todas elas. Tinha exatamente trinta anos de idade, mas comportava-se como se tivesse atrás de si séculos de felicidade e glória.

– É um orgulho poder conhecê-la, senhorita. Sinto-me imensamente honrado e emocionado.

Ele se inclinara, não com o corpo, mas com a voz. Fio não poderia jurar, mas sentira certo cheiro ruim de sinceridade nesses gestos corteses. Ele tentou beijar-lhe a mão. Fio transformou essa tentativa esquisita num ligeiro aperto de mãos.

– Deve vir comigo. Por favor. (Ele se autorreprovou.) Perdão. Poderia fazer a gentileza de me acompanhar?

– Tem algum mandado?

– Venho da parte de Ambrose Abercombrie – disse o jovem, envergonhado por ter sido confundido com um agente da força pública. Não tinha percebido o tom de zombaria da moça. Estendeu-lhe um envelope lacrado.

O papel, pesado e espesso, era luxuoso. Fio soltou a cera vermelha e desdobrou a folha. Estava em branco, não havia nada registrado em sua superfície cremosa. Ela balançou a cabeça e sorriu para o jovem para mostrar que estava entendendo. Não era o caso, mas ele se sentia tão seguro de si, que ela não queria estragar as suas convicções de mensageiro real. Ela dobrou a folha e colocou-a sobre a mesinha de centro.

– E o senhor, quem é?

A pergunta inocente de Fio fez eclodir um vulcão com lavas bem no centro do órgão vital do jovem, seu orgulho; o sorriso afável, porém, não se desmanchou. Ele apertou os dentes. A regularidade de seu rosto estava prestes a se romper. Para evitar a formação de alguma ruga, ele decidiu que estava lidando com uma eremita. Era essa a explicação. Fio Régale podia não conhecê-lo, mas, também, provavelmente não conhecia ninguém. Bastava ver o seu apartamento: que bagunça! Com um rápido passeio dos olhos, ele examinou a biblioteca da jovem e constatou que continha quase que apenas romances; discos e vídeos ocupavam prateleiras separadas. Para ocultar o seu incômodo, aproximou-se da janela da sala e olhou para fora.

– Sou Charles Folquet.

Disse-o ele num tom desleixado, com a falsa displicência que o fazia passar por uma pessoa relaxada e descontraída em qualquer situação. Como nenhum sinal de contentamento aparecesse no rosto de Fio, ele concluiu que tal sentimento deveria se produzir em alguma outra parte de seu corpo. Sem forçar nada, colocou seu sobretudo ainda úmido sobre os ombros dela; com uma suavidade coercitiva, conduziu-a para fora do apartamento. Seus modos firmes e atenciosos permitiam-lhe comportar-se com indelicadeza sem causar reação por parte de suas vítimas. Era dono de tamanho charme, que, mesmo que desse um tapa em alguém, o beneficiário logo esqueceria a dor da agressão, para sentir tão somente a beleza fluida do gesto.

Fio não saberia dizer quem nem por quê, mas ela se deu conta, aterrorizada, de que alguém a adulara. O jovem reagira, ao encontrá-la, como se estivesse diante de uma rosa rara e maravilhosa. Isso surpreendeu Fio, pois ela tinha poucas pétalas.

– Devemos partir de imediato. Há alguma saída de emergência?

– Estamos correndo algum perigo?

– Não, não... não se preocupe. É apenas uma questão de discrição.

Charles Folquet estava quase se embaralhando de tantas explicações que não se sustentavam. Fio não estava preocupada, o rapaz era gentil, e a situação era tão incompreensível, que a curiosidade superava o seu temperamento habitualmente desconfiado. O jovem ia à frente de Fio na escadaria e correu para lhe abrir a porta, não sem antes dar uma olhadinha do lado de fora. O sol ofuscou Fio. Não chovia mais. Uma Bentley preta estava estacionada na frente do prédio; a carroceria fosca absorvia o sol; os vidros escurecidos deformavam as suas imagens. O motorista, com cabelos curtos de militar, terno escuro, capa de couro preta, cumprimentou-os e abriu a porta de trás. Charles Folquet olhou ao seu redor como se temesse algum perigo. Galantemente, segurou a porta para Fio entrar e sentou-se depois ao seu lado. Partiram, deixando a rua Baxt e descendo a rua de Belleville. Fio virou-se e viu que um homem corria atrás do carro com uma máquina fotográfica. Se aquilo fosse um sequestro, era de imaginar que o crime se beneficiava de sua cumplicidade. Ela não estava com medo, ao contrário: o domingo se transformava em alguma coisa misteriosa. Ela mordiscou o lábio inferior ao se dar conta de que tinha se esquecido de colocar os biscoitos de formiga na tigela de Pélam.

Ela ficou sozinha sentada na classe. As outras crianças brincavam no pátio. Ela pedira para ficar dentro porque ali não chovia e ela se esquecera de trazer a capa. O professor não a escutara, mas dissera que sim, pois Fio era uma criança do tipo a quem se diz sempre sim; não chamava nenhuma atenção no meio das cadeirinhas, do quadro-negro e dos demais objetos da sala de aula. Acostumara-se desde cedo a não fazer nada para provar que existia, e poucas pessoas, consequentemente, se tinham dado conta disso.

Há um período na vida em que se torna mais fácil listar as coisas de que não gostamos do que aquelas de que gostamos. Fio era precoce em suas escolhas: aos seis anos de idade, conhecia perfeitamente a nomenclatura de seu coração. Suas frases pareciam ter sido escritas em meio a um tremor de terra.

Do que ela gostava: seus pais e a neve.

Do que ela não gostava: tudo aquilo que não fossem seus pais ou a neve. Ela não conseguia entender por que aquilo que poderia ser estimado por ela não se transformava também em seus pais e em neve. E, no entanto, havia essa opção.

Ela tinha visto em um livro de ciências naturais e na padaria que os seres humanos ficam idosos por bastante tempo. Um velho senhor com alguns croissants tremelicando nas mãos lhe contara que ele já não se lembrava mais de sua vida, pois tinha recordações demais. Apavorada diante da ideia de não mais se lembrar de sua própria vida, ela escrevera a biografia dos seus seis anos: "Fiz carinho num gato e nevou." A pequena Fio estava convencida de que o mundo poderia tirar proveito dessa vida tão rica e tão bela.

Mas, pouco depois dessas aventuras registradas em seu caderno verde com ranhuras lilases, o céu havia mudado de cor.

Seus pais se conheceram na ponta do cano de um revólver. Eis um lugar bastante romântico para um amor à primeira vista. Sua mamãe ainda não era chamada assim, chamava-se Adèle. Adèle, que acreditava em Deus, não pusera fé no seu destino como funcionária de um escritório. A escola a abandonara aos dezesseis anos; foi orientada a abraçar um ofício que iria gostar dela apaixonadamente. Ocupou seu posto durante três anos, mas depois ficou cheia de suas noites de amor com os carimbos, de sua amizade com a cerveja e de suas roupas talhadas para exibir sua pobreza. Seu patrão não era ruim, era aquilo que se podia esperar que fosse, nem muito simpático; dirigia-se aos seus empregados como se eles fossem seus empregados. A mãe de Fio fez com que ele soubesse que estava enganado. Ele entendeu a lição, pois morreu com uma caneta de quatro cores enfiada na cabeça. Adèle, constatando que tinha talento para o magistério, continuou ensinando aos ricos que os pobres existem, e, com grande preocupação quanto aos aspectos educativos, aliviou vários bancos do seu peso aurífero por meio de sessões de lipoaspiração de dinheiro em espécie. A polícia a recriminou por não dispor de diploma para exercer a sua nova profissão; e passou a persegui-la por causa de falta de educação. Foi assim que o pai de Fio, que na ocasião se chamava apenas Henri, conheceu Adèle.

Naquela manhã de segunda-feira, Adèle dava aula em um banco. Funcionários e clientes, como bons alunos, prestavam bastante atenção no que ela dizia. Se suas mãos estavam levantadas, era porque Adèle achava que isso facilitava o afluxo de sangue para o cérebro, possibilitando maior capacidade de reflexão. Era uma aula sobre a partilha da riqueza, uma sessão matinal de keynesianismo, não excessivamente teórica, acessível a todos. Adèle conseguira cativar a audiência, sua autoridade como professora era incontestável. Não usava giz (manchava muito), mas um revólver, que se encaixava melhor na mão. Em geral, as aulas não duravam muito tempo, o sinal de encerramento tocava e tudo virava uma verdadeira bagunça. Naquele dia, o jovem Henri estava passando pelo quarteirão. Trabalhava como policial havia algumas semanas, tendo sido antes carpinteiro; e adorava chá. Escolhera a profissão por acreditar que ela consistia em fazer valer a justiça. Ficou bastante surpreso ao perceber que tudo o que lhe pediam era apenas que aplicasse a lei e as diretrizes do Ministério. Apesar disso, procurava ser o melhor policial possível e toda manhã encerava as suas botas e assobiava canções alegres do rádio para atingir o ritmo da felicidade. Quando viu Adèle com o revólver apontado para pessoas inocentes, soube imediatamente o que fazer: apontou o seu próprio revólver contra o rosto inocente de Adèle. Adèle virou-se para ele e prestou-lhe a mesma homenagem.

Havia apenas duas saídas para a situação. Uma era apertar o gatilho. Eles optaram pela mais perigosa e se apaixonaram.

Os pais de Fio eram magníficos. A mãe tinha cabelos curtos, uma pequena cicatriz sob o olho direito e mãos que cheiravam a laranja. O pai tinha cabelos ruivos e uma voz que contava muitas histórias.

Fio passara a primeira parte da infância com os pais, foi um tempo encantado, com estrelinhas brilhantes como aquelas que se colocam no alto do pinheirinho, com a diferença de que, no caso, se espalhavam por todo ele. Estavam sempre sendo mais ou menos perseguidos pela polícia, e às vezes iam ao cinema. Trocavam as identidades, brincavam de esconde-esconde, faziam piqueniques, pois Fio adorava isso.

Na mente da jovem Fio, essa vida era uma aventura semelhante à dos livros: tudo estava definido, bem encadeado, com um final feliz, apesar dos monstros de todo tipo que apareciam no meio. O livro da vida de Fio não sobreviveu à prisão de seus pais, e, a partir desse momento, nada foi nunca mais um livro.

A diretora da escola era uma mulher ruim, mas, se chamou a polícia, foi por um impulso humanitário. Desde o reinício das aulas, achara suspeita aquela garotinha de cabelos vermelhos, e ficou de vigília a fim de captar qualquer sinal que confirmasse o seu prejulgamento. Foi observando os desenhos que a criança fazia dos pais que ela fez a aproximação com os retratos falados publicados nos jornais. Levou à delegacia os desenhos feitos com pincel mágico. O delegado avaliou que Fio tinha grande talento para o desenho e decidiu prender seus pais. Quando os policiais se lançaram sobre Henri e Adèle, a diretora pensou consigo mesma tinha tido razão em desconfiar de que um crime se escondia por trás daquela cabecinha ruiva. Reconhecemos o Mal em seus frutos, acreditava essa senhora, frutos que ninguém queria ver na feira.

As prisões eram como escolas para os pais de Fio: há prisões para as meninas e prisões para os meninos; não há prisões para apaixonados. Seu pai foi encarcerado em Annecy e sua mãe em Fleury-Mérogis. O juiz condenou Adèle e Henri ao desmembramento: amputados um do outro, e ambos estropiados de sua filha adorada, não sobreviveriam por muito tempo. Depois que os policiais conduziram seus pais para os corredores internos do tribunal, o juiz pediu que Fio o acompanhasse. Apesar das lágrimas, ela se levantou sem titubear. A sala do magistrado era imensa, ela se segurava nas duas alças de seu macacão para não tremer. O juiz inclinou na direção da menina seu rosto de anjo tranquilo de imponente majestade. Com a voz mais suave e gentil que possuía, ele disse: "Você nunca mais verá seus pais. Nunca mais." Ofereceu-lhe um bombom. Fio recusou, sem dizer nada, mas com um olhar que continha a vontade de que caísse sobre ele a parte mais afiada e cortante do universo.

Começaram, então, para Fio e sua avó, as incessantes viagens entre as duas prisões para tentar preservar as linhas da figura geométrica que a família constituía. Depois das visitas ao pai no parlatório, Fio apressava-se para encontrar a mãe a várias centenas de quilômetros dali, cuidando de não respirar demais, de não se lavar, nem falar, nem abrir os olhos, para que a mãe pudesse sentir mais uma vez a presença de seu homem nos olhos da filha, e seu cheiro em suas mãos.

O vigésimo terceiro dia do mês de junho do ano da graça de 1986 ficará guardado como o dia do casamento; nada de mais importante aconteceu no mundo, apesar do que diziam os jornais. Tipihamann era um padre de cadeia, que falava para os infelizes, contando-lhes histórias sobre um mago que chegara a multiplicar o pão e a curar os cegos. Divertia-os descrevendo um mundo depois da morte em que todas as coisas são belas e decoradas com papel crepom de cores variadas. Sim, os presos achavam tudo isso relaxante, e muitos, para não ofender o padre, fingiam acreditar em suas histórias. Tipi, por sua vez, incorporava a narração de suas histórias em respeito àqueles para quem as contava. Sabia que não era muito bom de conversa, que não tinha muita imaginação, mas sentia que era importante estar ao lado dos deserdados; e, acima de tudo, amava-os, pois bastava que falasse com alguma pessoa para se apaixonar por ela.

Tipi contou a história dos pais de Fio à sua mulher, Marinette, uma religiosa enérgica que usava uma touca para parecer Fantômette e que herdara de um acidente automobilístico um bom-senso infalível. Ela decidiu fazer o casamento, pois a administração previa aproximações entre prisioneiros atados pelos laços sagrados do matrimônio. O amor provocaria um deslocamento tectônico que levaria Annecy até Fleury-Mérogis. Mas a diretoria da prisão de Fleury estava de coração partido por causa de um caso de amor com um físico sueco, estava triste e, rígida, vetou o casamento. Tipi decidiu ignorar os formulários, até porque, disse ele a Fio, quando Deus era jovem não havia formulários.

No dia 23 de junho de 1986, às 13:32, na prisão de Annecy, o padre Tipi perguntou ao pai de Fio se ele queria tomar como esposa a mãe de Fio. O pai de Fio disse sim. Atrás das grades, ele vestia um elegante traje, do tipo que se vê nos filmes de casamentos realizados na Inglaterra. Usava um chapéu de feltro alto e cinza, rodeado por uma fita preta, e trazia, na mão, uma rosa que ele mesmo tinha cultivado ao longo de seis meses dentro da própria cela.

Em seguida, Tipi e Fio correram para o carro no estacionamento da prisão. A avó de Fio e Marinette ficaram ao lado do pai de Fio. Em menos de cinco horas, Tipi e Fio chegaram aos portões da prisão de Fleury-Mérogis, dez minutos antes do fechamento.

No dia 23 de junho de 1986, às 17:50, na prisão de Fleury-Mérogis, o padre Tipi perguntou à mãe de Fio se ela queria tomar como marido o pai de Fio. A mãe de Fio disse sim. Ela usava um vestido branco longo com flores bordadas, listrado por causa das grades.

Diante de Fio, e próximo do aparelho de telefone, Tipi declarou o pai e a mãe de Fio unidos para sempre pelos laços sagrados do matrimônio. Passou a mão pelas grades e colocou a aliança no dedo da mãe de Fio. Do outro lado, em Annecy, Marinette colocou a aliança no dedo do pai de Fio. Então, este pegou o fone e pela primeira vez ouviu a voz de sua mulher. Os recém-casados trocaram palavras de amor até acabarem as fichas telefônicas.

A mãe de Fio morreu algumas semanas mais tarde do mal de Addison. No dia seguinte, o pai de Fio levou três tiros nas costas de antigos colegas quando procurava rescindir o arrendamento de sua cela. Em seu testamento, os pais de Fio pediam que fossem cremados e que suas cinzas fossem jogadas em algum oceano, qualquer um menos o Índico, por causa dos tubarões. Tipi e Marinette levaram Fio e sua avó à beira de um penhasco e temperaram as ondas com pedacinhos minúsculos de carvão que antes haviam sustentado a arquitetura dos corpos dos recém-casados. A cena foi muito bonita e muito emocionante, até a hora em que alguns guardas apareceram vindos do meio das árvores e lhes aplicaram uma multa, pois, segundo uma lei aprovada pelo Parlamento cinquenta anos antes, era proibido jogar cinzas no mar. Isso poluía as manchas pretas.

Quando pensava nisso tudo, Fio se dava conta de como foram rápidos todos esses acontecimentos, a detenção, o processo, a prisão. Gostaria de guardar lembranças tão longas quanto os acontecimentos de que eram depositárias. A tristeza pela perda dos pais nunca passou.

Passou a viver com a avó. Numa época em que os países ainda não existiam e em que as línguas mal eram soletradas, muito tempo atrás, a família de Fio era bastante numerosa e feliz. Mas, num dia triste e durante várias gerações, uma enfermidade histórica atingiu os seus antepassados. Por uma misteriosa genética, sua família era constituída apenas por mortos. Algumas famílias transmitem a seus descendentes acusações, um nome e uma partícula, um castelo e o respectivo domínio; a herança da família de Fio era a agonia; seus castelos e o respectivo domínio eram o massacre. Seus ascendentes não eram Duques, Ministros ou Médicos; eram Mortos e Assassinados. Somente a avó Mamé sobrevivera até a idade em que Fio podia começar a entender o que significa sobreviver. Mamé não fora morta num campo entre as vítimas da Samudaripen, não fora assassinada pelos Einsatzgruppen, não tivera o corpo machucado pelas pedras atiradas por jovens soldados que, no entanto, tinham fuzis, não morrera de fome ali onde a comida era reservada para os que já conheciam a fartura. Conseguira não se tornar vítima naqueles países civilizados onde a barbárie também fora civilizada.

Mamé ainda estava viva, o que lhe conferia certa excentricidade.

Pois Fio era jovem, Mamé era velha, velha tanto quanto Fio era jovem. Viviam na ponta da estrela que Nantes devia formar com outras coisas: elas achavam que não havia outros lugares para viver que não fosse a ponta das estrelas. A casa de Mamé tinha quatro rodas, para viajar, mas não tinha motor nem direção, que era também para poder ficar no mesmo lugar. A porta de alumínio tinha uma maçaneta batizada de napoleônica por Mamé, convencida de que uma tão bela imitação da beleza, apenas para segurar com a palma da mão, só podia ter sido inventada sob o reinado de um imperador de ferro folheado de ouro fino. O trailer de Mamé ocupava o fundo de um terreno abandonado pela prefeitura e pelos promotores; o subsolo atravessado por compridas e inumeráveis galerias tornava impossível a construção de casas. De tempos em tempos, naquela parte da região de Nantes tão pouco sísmica, tremores de terra agitavam o trailer e o chão; coelhos saíam de suas tocas, e fendas se abriam na superfície como lábios ávidos em busca de ar. O chão de lama misturada com pedras e mato abaixava em alguns pontos, não passava de uma pele inchada, tendo abaixo a ação das galerias e dos esgotos, que um dia ainda acabariam por engolir o mundo instalado acima deles.

Mamé e Fio se habituaram a essas vicissitudes, felizes com que o subsolo lhes fornecesse a prova de que elas realmente estavam ali e de que sua presença tinha alguma influência sobre este planeta e as suas fundações. O trailer era um barco à deriva em plena terra. As tempestades geológicas proporcionavam a alegria do repouso, e era quando elas finalmente se sentiam vivas, percebendo que saía ar de suas bocas e que gotas de sangue pingavam dentro de seus corações. O trailer era enorme – um dia Fio calculara que cobria uma área de vinte metros quadrados – e, nas paredes, as prateleiras sustentavam quilômetros de páginas, enquanto algumas molduras abrigavam muitos hectares de paisagens pintadas.

Fio e Mamé eram cúmplices, gostavam das mesmas coisas: passeios pelas paisagens onde se viam como personagens dentro de um quadro, a neve, os gatos, os pássaros, os livros e chá o dia inteiro. Um dia, quando Fio tinha oito anos e sua avó um pouco mais, cada uma perdeu um dente. Isso as fez rir, ambas com o mesmo sorriso esburacado no meio. Uma se viu na outra. Fio sabia que, no seu caso, a fadinha do dente passaria por ali (era a regra), mas estava triste porque a avó não ganharia nenhum presente. Devagarinho, às escondidas, acordou durante a noite e colocou um presentinho sob o travesseiro de Mamé.

Até os nove anos de idade Fio achava que morava num palácio. Depois, a experiência com o mundo e com seus colegas ensinou-lhe que seu castelo se chamava B, A, R, R, A, C, Ã, O, e, sem querer, começou a sentir vergonha daquele reino cuja luz não conseguia nem fazer as pálpebras das pessoas de bem se levantarem. Ela descobriu que as suas próprias roupas, que ela e Mamé escolhiam com todo o cuidado e muita diversão no meio da bagunça dos depósitos da Cruz Vermelha e das entidades beneficentes, traziam o selo da desonra, como as roupas dos empestados. E no entanto ela gostava daquelas roupas já usadas antes por crianças que ela não conhecia, emocionada diante da genealogia das calças e pulôveres que tinham viajado por outros corpos. Aprendeu a pegar alguns atalhos na volta da escola para casa, para que ninguém pudesse descobrir a feiura de sua tão bela casa; aprendeu a roubar roupas nos supermercados para substituir as suas vestimentas puídas. Sofreu a humilhação de não ser como se deve ser, de não vestir aquilo que se deve vestir, de não morar onde se deve morar. Não era normal ler como se fossem contos de fadas os folhetos das grandes lojas que apareciam na caixa do correio. Ela chorava longamente e fortemente, não porque descobrira que era pobre, mas por ter vergonha de sua vergonha de ser pobre.

Quando Fio completou nove anos, o céu mudou de cor mais uma vez. O trailer tinha pegado fogo durante uma aula de matemática. Ela nunca perdoou os números. Um charuto mal apagado ateara fogo nos velhos exemplares de *Krlo e Rromenqo*, a revista de ciganos que Mamé deixava espalhada pelo trailer. Quando Fio voltou da escola, os bombeiros recolhiam as chapas metálicas derretidas. Ela foi afastada do local. Ficou sentada durante uma hora inteira chorando no banco de um automóvel inglês abandonado no terreno vazio até que os adultos viessem ter com ela. Com palavras em meio às lágrimas, ela lhes disse que junto com aqueles restos de celulose e aço no basculante estava a sua avó. Os bombeiros não encontraram nada de Mamé. O caminhão levou os restos do trailer misturados com os restos invisíveis de Mamé para uma usina de reciclagem para produzir outras coisas, outras coisas que já não seriam Mamé. Não houve enterro, nenhuma cerimônia, não se dispararam trinta e seis tiros de canhão no céu azul e nenhuma bandeira foi hasteada a meio pau. Num pedacinho de papel, Fio escreveu "Mamé" com uma bela letra de forma, queimou-o e colocou as cinzas numa caixinha veneziana que pertencera a seu avô, que ela não havia conhecido. Cantarolou *Gelem, gelem*, o hino cigano que Mamé costumava cantar quando queria se encorajar, e guardou a caixinha no bolso para sempre.

Houve uma família que a acolheu, mas que não era nem um pouco acolhedora nem muito familiar; depois veio o período do orfanato. Fio confiava em que o tempo a tiraria da infância, pois os anos são como minutos, com a diferença de que duram menos tempo. E, no fim das contas, ela nunca tivera nada contra a felicidade, que acabaria se deixando domesticar.

Ela passou toda a juventude numa pequena cidade feita de pão de mel, mas era um pão de mel especial, que provocava tosses e irritava os olhos. Ela passou toda a juventude numa pequena cidade feita de pão de mel de amianto. Era uma época em que as folhas caíam dos bordos, uma estação que durara uns dez anos. Na escola, aprendera a ler, sem tremer, palavras que dão medo; aprendera a escrever, sem chorar, palavras que preenchiam casas vazias. Os professores a obrigavam a contar até números que nunca lhe serviriam para nada. Nas aulas de desenho, mandavam-na nunca ultrapassar os contornos quando ela coloria. Era difícil, as canetas tinham pontas grossas; as azuis, vermelhas e verdes se derramavam sobre flores e coelhos, céus e casas. Depois sentiu que todas as cores que existiam nela também pareciam transbordar.

Algumas colegas do orfanato haviam abandonado os estudos por causa de uma gravidez precoce decorrente de ejaculações idem, escapadas e aventuras arriscadas. Fio não era bonita o bastante para atrair a atenção dos meninos, e continuava a frequentar o caminho da escola. Não acreditava o bastante na infelicidade que a circundava para se entregar aos seus braços constritores.

Houve aulas, professores, colegas, e na mente de Fio tudo isso constituía um único bolo compacto, uma massa de modelar ressecada. Na lousa, ensinaram-lhe quanto é sete vezes seis, que a capital da Islândia é Reykjavík, que a água é H_2O; no pátio do recreio, ela aprendeu que um é contra todos; que a capital da vida é a morte, que o suor é a fórmula química do medo.

Ela havia sido inteligente o bastante para não ser uma aluna boa demais, e sua escolaridade acabou passando como uma longa gripe. Saiu viva: do seu ponto de vista, fora bem-sucedida nos estudos. No dia do resultado do exame final do curso secundário, ela deu meia-volta e viu a quantidade de desaparecidos: os que caíram no caminho, os que haviam sido designados para outras frentes, os desertores e os fuzilados. Pairava no ar um cheiro forte de campo de batalha. Quando ela recebeu o diploma, teve a sensação de que lhe outorgavam a cruz da guerra. Procurou por um monumento aos mortos da Educação Nacional, mas não encontrou.

Na semana seguinte, foi à piscina, pois sentia necessidade de mergulhar em alguma coisa macia e azul. A água estava morna, corpos caíam nela, porém, e isso apavorou Fio, esses corpos estavam vivos, alguns falavam, a maioria agitava seus membros em todas as direções para se deslocar. Fio observou-os por algum tempo e depois afundou. Um professor de natação a salvou do afogamento por excesso de observação. Mostrou-se tão arrogante e cheio de si, que Fio lamentou não estar pelo menos um tantinho morta e obrigá-lo assim a ter um pouco de humildade. Nunca mais voltou à piscina: não gostava de lugares onde as pessoas precisam se agitar para todos os lados para não afundar.

Fio não sentia que tivesse mudado. Claro, os objetos tinham diminuído. Os balcões das padarias tinham-se abaixado ao longo dos anos até ficarem abaixo de sua cintura, quando antes chegavam até os seus olhos. Muitas coisas tinham encolhido: os carros, os cachorros, os bancos dos parques públicos; os adultos também. Agora eles estavam tão pequenos quanto as crianças.

Suas mechas ruivas ainda se moviam com o vento e acariciavam a sua testa. O mundo era, então, o mesmo. A fim de continuar os estudos, ela trocara o subúrbio de Nantes por Paris. Raciocinara que se aproximando mais do Polo Norte suas lágrimas sairiam dos olhos mais rapidamente graças ao poder magnético da atração terrestre.

Prometera a si mesma empregar todas as suas energias para viver uma vida simples; não pedia mais nada: um trabalho que lhe deixasse algum tempo livre, uma casa bonita na montanha, três filhos, um gato, uma perna quebrada, um ou dois divórcios e alguns amigos que não se pareceriam com ninguém. Somente aqueles que sempre dispuseram de tudo é que sonham com uma vida aventureira e excepcional em que tudo se escreve com maiúsculas.

Numa quarta-feira de primavera, no parque de Buttes-Chaumont, Ambrose Abercombrie se dirigiu a Fio. Ela não soube disto na ocasião, mas essa pequena troca de palavras pôs um ponto final em qualquer esperança de uma vida tranquila.

Fio havia enrolado várias vezes uma mecha ruiva em torno do dedo indicador, e também hesitara várias vezes em perguntar por que a levavam por estradas do interior. Várias vezes... não havia feito a pergunta. Charles Folquet escrevia febrilmente num caderno grosso que havia tirado do paletó e, de tempos em tempos, fazia a Fio um sinal de cabeça nervoso.

Tinham saído de Paris pela Porta de Orléans. Nomes de cidades apareciam nas placas de sinalização, mas nada diziam para Fio: eram o tipo de nome que se esquece antes mesmo de ser lido. Ela achava isso injusto e tentava retê-los na memória, sem êxito. Apoiou a cabeça no vidro e pensou em Pélam, e depois, quando esse pensamento se esgotou, esvaziou algum outro. Seus pensamentos eram garrafas de bebida alcoólica com as quais procurava se inebriar. Mas ela já sofria havia muito tempo dessa dependência, e agora continuava desesperadamente sóbria. Para enganar o tempo, ela esfregou as mãos, sem estar com frio. Com um movimento quase imperceptível, o motorista aumentou a calefação. Fio olhou para os seus olhos estanques e sem emoção no espelho retrovisor e concluiu que ele devia pertencer à confraria daqueles que detestam demonstrar que dão atenção aos outros. Sentiu simpatia por ele e decidiu não acreditar na sua frieza. Começou a contar as árvores, mas elas eram numerosas demais, e então passou a contar as florestas. Imaginou-se como uma princesa que estava sendo levada para um príncipe encantado em seu castelo. Divertiu-se com a ideia, mas não gostou dela: não queria um príncipe encantado, pois esse era o sonho das garotas que acabavam se casando com seres lamentáveis que cheiravam a estupidez e a outras mulheres. Desconfiava dos encantos e de todas as magias dos seres humanos, de suas crinas retóricas e de suas caudas humorísticas. Decidiu renunciar a esse sucesso matrimonial e abdicou de seu reinado de trinta segundos.

Uma folha de olmo grudou no vidro bem na frente dos olhos de Fio. Ela não fazia a menor ideia de com que podia se parecer uma folha de olmo, mas, como aquela folha não parecia uma folha de bordo nem de carvalho, únicas folhas que ela conseguia identificar, decidiu que era uma folha de olmo. Caía bem para aquela folha ser uma folha de olmo, marrom, amarela e vermelha; como uma folha de outono caída com nove meses de antecipação. Ela bateu asas como uma borboleta e com uma pirueta saiu voando como um desejo atendido. Fio fechou os olhos e friccionou os cabelos contra o vidro da janela. Não adormeceu. Adormeceu apenas aquela parte de sua mente que se agitava o tempo todo, afundou-se no interior de si mesma. Acariciou o couro do banco. Seus dedos o imaginavam vermelho. Mas seus olhos já lhe haviam dito que era preto. Seus sentidos costumavam se divertir, não se contradizendo uns aos outros, mas oferecendo-lhe diferentes facetas das coisas. Naquele momento, os olhos diziam que o sol estava cor de laranja, o nariz o sentia como verde cítrico e as orelhas ouviam um astro leopardo. Bastava Fio se concentrar para então viajar entre essas diferentes interpretações do mundo exterior. Na floresta, um cervo bramiu. Foi o que seus ouvidos lhe disseram. Seus olhos revelaram que o cervo havia cantado; os dedos no vidro, que ele saboreava o ar fresco daquele inverno demasiadamente ameno.

Fio raciocinou que eles deviam estar no vale de Chevreuse. O carro viajava havia uma hora, era bem plausível. Poucas edificações, estradas sinuosas, largas extensões de florestas, e a sensação de uma languidez burguesa na atitude dos raros passantes. O carro parou diante de um portão de ferro verde lindamente enferrujado. O motorista apertou um botão do painel, e a grade se abriu. Fio se aprumou. Deu um suspiro, pois achava que devia demonstrar um pouco de exasperação. Charles Folquet olhou para ela e ficou vermelho de tão confuso. Apesar de a cor púrpura de suas faces compor muito bem com a camisa preta, Fio apressou-se em retomar a expressão habitual de impassibilidade: não gostava de provocar desconforto nos outros, e, mesmo que não entendesse por que aquele jovem, evidentemente pouco habituado a esse tipo de sentimento, estava pouco à vontade, prometeu a si mesma ser cautelosa com suas próprias atitudes.

O carro passou pelo portão e avançou por uma estradinha ao final da qual se erguia uma construção imensa e escura toda coberta por trepadeiras. No alto de uma escadaria, um homem de smoking aguardava, de braços cruzados, acompanhando o trajeto do carro com a acuidade de um morcego.

A mansão de Lignedeaune fora construída no começo do século XV pelo descendente de Inês de Castro e Dom Pedro. Reproduzia motivos da igreja de Alcobaça, encobertos e parcialmente destruídos no século XIX pela reforma que a recuperara das garras das gralhas e dos gatos selvagens. Poucos conheciam sua história, mas os seus traços, de uma beleza extravagante, imprimiam na consciência dos visitantes a certeza de que por trás de tudo aquilo havia algo de terrível e gigantesco.

A mansão pertencera a nobres cujos crânios estão hoje em dia cobertos de líquen. Eles guerrearam para manter a posse daquelas paredes espessas. Os homens e as mulheres que ali viveram nunca usaram do linguajar comum. Depois, quando as raízes se infiltraram por suas vértebras, mantiveram um controle perfeito da língua da morte, como se fosse ela a sua língua natural: há pessoas que não vivem realmente, que precisam morrer para se dar conta de que não viveram. Estátuas de cavaleiros com espadas e escudos cercavam o edifício. Diferentes elementos arquitetônicos faziam lembrar o passado guerreiro do lugar; sobre a entrada, num frontispício majestoso, estava esculpido um brasão.

O carro subia pela aleia sinuosa que ladeava o jardim estendido diante da mansão. Jardineiros vestidos de preto podavam os buxos para manter a sua forma, ameaçada pelo crescimento de ramos desobedientes, aplanavam a grama, recolhiam as folhas apodrecidas desde o outono, como se esses cuidados estivessem sendo retomados depois de muito tempo de abandono. A coloração dourada e avermelhada do ar dava ao conjunto a suavidade de uma caixinha de joias.

Fio seguiu o voo de uma cotovia entre as árvores do bosque. Ela pousou numa delas. O galho, baixo, curvou-se sob o peso do pássaro; como numa reverência, suas folhas roçaram numa pequenina poça, cuja água, com esse movimento, formou um minúsculo maremoto. A cotovia alcançou a pequena baía avermelhada e fermentada, na ponta do galho, e, depois de inebriar-se, partiu voando em ziguezague. O galho vibrou e retomou o seu lugar na arquitetura do ar. O sol apareceu através das asas de uma abelha que se saciava na fonte da gota de orvalho. O inseto pousou em flores que não tinham como deixar de ser belas, avançou por caminhos e corredores invisíveis desenhados pelo vento e, num voo impaciente para baixo, penetrou na colmeia para depositar o seu carvãozinho num alvéolo. O himenóptero heliófago retomou sua busca em meio à felicidade açucarada daquele fim de tarde, sem prestar atenção à mansão localizada a vinte metros dali, cujas pétalas de pedra e pistilos de telhas vermelhas espreitavam outros insetos que se encarregarão, apesar deles, da polinização das consciências ao redor.

O motorista estacionou o carro diante da escadaria e correu para abrir a porta. Charles Folquet saiu, seus belos sapatos italianos rasparam no cascalho. Ele segurou a porta para Fio com um excesso de cortesia. O motorista entrou de novo na Bentley e a colocou no estacionamento. Alguns motoristas jogavam cartas numa mesa de jardim, com os bonés jogados no chão.

O homem da escadaria avançou em direção a Charles Folquet, deu-lhe um abraço e estendeu a mão para Fio, que a apertou. O homem teve um calafrio, mas certamente não por causa do tempo fresco. Trajava um smoking de fina lã com lapela de seda, uma camisa com colarinho de ponta quebrada, gravata-borboleta preta e sapatos também pretos. Trazia sob os olhos duas olheiras que eram como máscaras de guerra. A mão direita, fina e afiada, tinha uma flexibilidade feita justamente para cruzar o ar e apanhar mãos estendidas onde quer que estivessem. Rugas profundas haviam nascido nele, de tantos sorrisos forçados que sua atividade exigia; seus traços eram tão marcados, que, mesmo quando não sorria, seu rosto rígido de plástico produzia uma expressão de gentileza inquietante.

– Apresento-lhe o senhor Robert Chamay – disse Charles Folquet.

– Muito prazer – respondeu Fio, com uma leve inclinação traquinas da cabeça.

– É uma honra, senhorita – disse Chamay, em um tom assustador que indicava que ele realmente achava isso.

Chamay levou-os para dentro. Fio observou duas coisas. Primeiro, esse nome, Chamay, não lhe era desconhecido, mesmo que ainda não conseguisse se lembrar de onde poderia tê-lo ouvido alguma vez. Em segundo lugar, Charles Folquet nem se preocupara em apresentá-la, como se isso fosse automático.

Existem arquitetos que transferem para o seu trabalho a paixão secreta que nutrem pela confeitaria, mas que, ao final, acabam erguendo – pois seu desejo insatisfeito continua sendo grande demais – apenas edifícios impossíveis de comer e palácios que ficam parados no estômago. O interior da mansão havia sido certamente esculpido em grande parte como uma torta por algum discípulo exótico de Marie-Antoine Carême. As pilastras eram de chocolate, os vitrais de açúcar de cevada, a pequena nave de marzipã, e as colunas esculpidas em *nougat*. Evidentemente, esse arquiteto, envergonhado de sua paixão pela confeitaria, cobriu o chantilly, as frutas cristalizadas e o creme de malvaísco com um pó cor de Idade Média. Pintou um cinza em cima das paredes de waffles e pão de ló. Todo o mundo achou que era sério, e alguns até compraram o grande doce, não para comê-lo, mas para ter ali uma vida gordurosa e açucarada.

Fio entrava no lugar com os olhos bem abertos. Charles Folquet, que não perdia nenhuma de suas reações, concluiu que ela estava impressionada com toda aquela riqueza. Mas se enganava. Fio ficara intrigada com a suculência da arquitetura. Não conseguiria viver num lugar assim: logo enjoaria, e, ainda assim, ficaria muito gorda.

As tapeçarias e os quadros que cobriam as paredes abafavam o som de seus passos no piso de mármore. Aquele cômodo servia como sala de estar e como salão de festas; uma grande mesa de madeira de caroço de abacate, sobre a qual repousava uma série de candelabros de design refinado, estava colocada contra a parede do fundo. A biblioteca que cobria duas paredes à esquerda a entrada era uma réplica fiel da biblioteca do mosteiro de Wiblingen. Em suas estantes, obras raras dividiam o espaço com livros de arte recentes de grande formato, além de uma grande quantidade de livros de bolso, mas poucos traziam na lombada alguma marca que denotasse já terem sido abertos alguma vez. Nem Chamay nem

Charles Folquet deram atenção à pompa artificiosa da decoração, e Fio deduziu que ambos já conheciam o lugar.

Chamay abriu a porta dos fundos, pediu a Fio e Charles Folquet que entrassem e fechou-a atrás de si. Uma senhora idosa estava junto à janela que iluminava o escritório. Seus olhos se perdiam no espaço do jardim, o qual se estendia até uma floresta que se erguia como um muro. Pássaros desciam para pousar na fonte. Por alguns instantes, o olhar da mulher acompanhou os seus movimentos com nostalgia, sem dirigir a menor atenção às pessoas de smoking e vestido de noite que participavam da festa no jardim, dois andares abaixo. Não manifestou nenhuma reação diante da entrada das três pessoas ali. Apoiou as longas mãos escuras e cansadas no vidro cintilante da janela. Charles Folquet e Chamay nada diziam, à espera de que acontecesse alguma coisa da qual eles não teriam a iniciativa.

– Sempre pensei que você fosse um homem.

Ela falou de um modo quase alegre, sem virar a cabeça, razão pela qual Fio levou alguns segundos para entender que se dirigia a ela, ou melhor, que era dela que estava falando. Buscou alguma explicação nos olhos de Charles Folquet, mas ele lhe devolveu apenas um olhar impotente.

– Emeraldia – disse Chamay –, precisamos ir. Os convidados nos aguardam, e Ambrose ainda não chegou.

A mulher não respondeu. Alisou os longos cabelos brancos com um pequeno pente carmim. Lá fora, os participantes da festa no jardim giravam em torno de uma grande mesa coberta com uma toalha branca, espécie de colmeia alimentadora onde se reabasteciam a mancheias com champanhe e salgadinhos.

– Vá indo, Robert – disse Charles Folquet. – Depois nos encontramos lá.

Não precisou repetir duas vezes. Os pelos do nariz de Chamay já se agitavam diante da ideia de pegar mais uma taça de champanhe com a mão esquerda e das conversas que compartilharia com seus pares.

Charles Folquet ofereceu uma cadeira a Fio. Exatamente no lugar em que um raio de sol atravessava a escuridão, Fio se sentou. Como ninguém falava, ela aproveitou para apreciar a decoração. Seus olhos agudos passearam por todos os elementos que compunham o lugar. A madeira agonizava sob a forma de armários, cadeiras e mesas, desgastava-se sob o verniz e as tintas como uma múmia utilitária. Teve a sensação de que a mansão, e tudo o que nela havia, afundava. Fora construída assim, para firmar o seu cheiro de naufrágio, como a âncora de um galeão, em cada partícula de ar. O piso do escritório não fora feito para andar; assim que alguém notava a sua beleza, sentia-se como um profanador pisoteando os quadros de um museu. Tapetes de Bayan-Ölgiy haviam sido postos em cima de um tapete da Caxemira, um tapete de Kachan fazia par com outro tapete, de Tabriz. Fio ergueu os pés e balançou-os sob a sua cadeira. A Terra fazia o sol baixar no horizonte. Os pássaros noturnos agitavam as folhas no último ciclo de seu sono, seus sentidos já em alerta para avançar sobre as suas presas. Chamay juntara-se à festa no jardim, distribuía apertos de mão, sorria e conversava; era o seu instinto.

– O ministro não parava de falar de você. Acho que o deixou muito impressionado.

Fio sabia que Charles Folquet se dirigia a ela, mas não conseguia se livrar da ideia de que ele estava enganado, de que falava com algum fantasma misturado entre eles. Apenas uma hora atrás, ela tomava chá sentada de pernas cruzadas no sofá pensando apenas nas compras que tinha para fazer e em como ocupar o domingo. De repente, sem nenhuma explicação, via-se em meio à suntuosa decoração de uma mansão, cercada de pessoas de quem não sabia nada, mas que se comportavam como se a conhecessem.

– Que ministro?

Charles Folquet e Fio faziam um jogo de surpresas o tempo todo, nenhum entendia o outro. O rapaz considerou que Fio era mesmo uma garota estranha, mas, considerando de quem se tratava, era normal que ela não parecesse viver no mesmo planeta. Invejava-a por não conhecer este mundo.

– Robert Chamay.

– Ele é ministro? Ministro de quê?

Ela se levantou e colou o rosto na janela para observar aquela personalidade agora revelada. Ele desenhava no ar grandes gestos com os braços, e seus lábios se moviam no mesmo ritmo das folhas agitadas pelo vento; um pequeno grupo de pessoas o escutava. A velha Emeraldia afastou-se, como se temesse a proximidade de Fio. Num impulso contido, o ministro deu uma gargalhada; algumas fêmeas de canário, interessadas nesse canto, aproximaram-se trotando. Nesse momento, Chamay parecia um inseto com sua carapaça preta, um inseto que expelia na agitação das mandíbulas sua baba profilática para os seus congêneres, atualizando-os em relação às últimas fofocas e às próximas medidas que adotará.

– Você é incrível – disse Charles Folquet, espantado. – Ministro da Cultura, evidentemente. Todo o mundo conhece Robert Chamay.

Não que houvesse motivos honrosos para que um homem como aquele fosse conhecido, aliás. Ele devia sua celebridade à habilidade que tinha de fazer as câmeras de televisão se sentirem repentinamente apaixonadas por ele, mais do que pela sua competência ministerial, que ele utilizava com uma parcimônia elogiável. Cabia não negligenciar, ainda, o fato de que ele também mexia seus botõezinhos na bolsa. Charles Folquet considerava que, com o passar dos anos, ele desenvolvera uma mente perfeita de entomologista: podiam lhe apresentar dez ministros com o rosto encoberto por um capuz, e ele sempre saberia dizer exatamente qual deles era o da Cultura. Já estivera com dois ou três franceses e com alguns estrangeiros, e sempre percebia neles um leve movimento dos ombros à passagem de uma taça de champanhe, uma maneira sutil de não ouvir o que lhes diziam, nem aquilo que eles próprios diziam, um entusiasmo permanentemente renovado. Olhou para Fio com inveja: ela não parecia nem um pouco impressionada. Estava intrigada, é claro, mas era daquele tipo de pessoa energizante mais interessada em conhecer um apicultor do que uma celebridade qualquer.

– Você me entregou um papel – disse Fio apertando com as mãos as beiradas de sua cadeira. – Eu vim aqui por causa do nome que estava registrado nele, desse senhor Abercombrie, porque ele me lembra alguma coisa, um rosto fluido. Acho que os senhores estão me tomando por outra pessoa, vocês e esse ministro. Sinto muito, mas tudo isso é apenas um mal-entendido. O que ele quer comigo?

Emeraldia aproximou-se de um canto da parede, como se quisesse afundar nele. Apertou os braços contra o peito. Três golpes impacientes fizeram a porta tremer. O mal-estar de Charles Folquet desapareceu de imediato, ele retomou a confiança e a determinação.

– Já estamos indo – disse ele, abrindo a porta.

Pequenino, careca, os olhos escondidos atrás de grossos óculos de tartaruga, com uma Bíblia na mão, um cardeal apareceu na moldura da porta. Seu traje estava impecável, todo lilás, vermelho e preto. Transpirava um pouco debaixo desses tecidos grossos e parecia de mau humor. Três horas antes, ele pedira um cigarro a Charles Folquet, e este, inadvertidamente, dera-lhe um baseado. Ele o fumou um tanto espantado com aquele cheiro de tisana e depois entendeu que se tratava de um produto ilegal. Essa percepção lhe veio quando percebeu que seu rosto estava afundando no decote da cozinheira. Depois de passar meia hora debaixo de um chuveiro de água fria, tinha agora a mente sob controle, mas o cheiro persistente de maconha grudado no seu traje o embaraçava.

– Olá, padre – disse Charles Folquet.

– Eminência, chame-me de Eminência! Não sou um mero bispo, ora bolas! Quantas vezes terei de repetir isso para você, Charles?

– Apresento-lhe Fio Régale.

– Ah, ótimo, a senhorita está aqui. É bastante jovem.

– Muito prazer – disse Fio, perturbada, agora, com o aparecimento de um cardeal naquele carnaval.

– Não temos tempo a perder com coisas mundanas – disse o cardeal secamente. – Eu me pergunto, aliás, o que é que estou fazendo aqui, isso tudo não é nada muito correto. Só estou fazendo isso porque Ambrose me pediu. Em homenagem aos bons tempos e à guerra.

Charles Folquet sorriu e deu uma piscadela para Fio, que não o percebeu, pois olhava com deleite aquele homem todo fechado em seu traje eclesiástico. Tinha a sensação de estar num baile à fantasia, mas continuava sem saber com que fantasia achavam que ela estava.

O cardeal já avançava trotando em direção à escada que dava acesso ao jardim. Eles o seguiram. Emeraldia fechou a porta com indiferença, como se uma corrente de ar a tivesse aberto. Finalmente sozinha naquele aposento, ela se serviu um copo de xerez, fechou as cortinas e sentou-se no escuro.

Fio nunca havia participado de um evento mundano, e, na verdade, nunca fora convidada para nada. Sabia que se organizavam reuniões para os membros mais valiosos da sociedade humana; boates noturnas filtravam os seus convivas, para manter apenas os mais ricos, os mais bonitos, os mais bem-vestidos; festas excepcionais reuniam pessoas certificadas como excepcionais para conversarem sobre coisas excepcionais degustando bebidas e pratos excepcionais. Recepções de todo tipo eram realizadas todos os dias, e ela sabia que nunca poderia entrar em nenhuma delas. Com um sorriso mental, retificou-se: ela é que jamais se deixaria aprisionar pelos encantos de uma recepção.

O jardim começava a uns trinta metros da parte de trás da mansão. A festa estava montada sobre uma esplanada de mármore branco, em torno da qual se espalhava um gramado ondulante recém-cortado. Três aquecedores formavam uma parede de calor que permitia aos convidados estar vestidos como se fosse verão. No centro da animação, a imponente mesa coberta de branco atraía os dedos rapaces dos convivas; garçons vestindo libré reabasteciam o bufê.

O cardeal aguardava na frente do bufê, o rosto enojado diante daquela profusão de produtos luxuosos e pelos modos vorazes dos convidados. Fez um sinal e lançou um olhar seco para Charles Folquet. Nunca se sentira à vontade entre pessoas que se dedicavam à arte. Via-se como um pobre concorrente com seu Deus antiquado, incapaz de rivalizar com aquela religião, que autorizava o uso de drogas, a decadência e a permissividade. Uma concorrência desleal. Que não acreditassem nos poderes divinos nem era tão grave, mas que nem sequer olhassem para aquele céu todo azul cortado pelos raios avermelhados do sol, isso o enervava mais do que tudo. Gansos selvagens tinham acabado de passar por cima da festa, e ninguém havia notado o seu voo perfeito. O que estariam contemplando que era capaz de superar uma beleza natural como aquela? Eles próprios. Viam-se nos olhos daqueles para quem olhavam como se fossem um céu de pupilas dilatadas, irisadas de ambição.

– Quem são essas pessoas? – perguntou Fio.

– Não se preocupe, são apenas pessoas importantes.

Artistas, jornalistas, políticos, mecenas, gente mundana, todos ali se misturavam. Charles Folquet várias vezes se espantara com o fato de pessoas tão diferentes serem tão parecidas a olho nu, frequentando os mesmos lugares. E, no entanto, ele, que as conhecia, sabia que aquele formigueiro era heterogêneo. O pior e mais imbecil dos frequentadores de salões surgia lado a lado com o verdadeiro apaixonado pelas artes; o que desprezava dividia o mesmo banquete com o desprezado. E todos levavam taças de cristal e usavam gravata-borboleta. Parecia inacreditável, para Charles Folquet, que o mundo inanimado se deixasse levar sem fazer nenhuma distinção, que o champanhe ousasse descer pela garganta de um escroto com a mesma prontidão com que o fazia no caso de uma pessoa verdadeiramente amável. Houve um período em que ele ficara realmente chateado com o champanhe e pensara em não perdoá-lo nunca mais, mas, Deus do céu, era tão gostoso. E se reconciliaram.

Para manter-se sóbrio, recusou a taça que um garçom lhe ofereceu e embriagou-se com perfumes de vaidade, da carne em decomposição dos canapés e do gramado recém-cortado. O sistema de aquecimento devia estar desregulado, o calor estava sufocante. Desapertou o nó da gravata e observou o lado irreal daquela enseada particular, como uma ilha paradisíaca onde o inverno tivesse sido condenado ao exílio.

– Poderia pegar uma flor, por favor? – disse ele à sua jovem convidada.

Fio pegou uma rosa vermelha num dos vasos que emolduravam a grande porta pela qual tinham acabado de passar. Ela não teve coragem de se servir do bufê, não se sentia em casa. Aquelas pessoas tampouco se sentiam em casa, mas isso não as incomodava. Ela não era como eles. Sentia certa náusea ao vê-los servir-se de salgadinhos e comê-los compulsivamente. Sentiu ânsia de vômito. Os canapés eram cobertos com patês e pedaços de carne sanguinolenta. O cheiro era insuportável, um cheiro de matadouro misturado com aromas delicados. Os perfumes daquelas pessoas pareciam servir tão somente para mascarar os eflúvios carnívoros. Fio estimou a população de ciscadores-devoradores em cerca de cinquenta pessoas, de todos os sexos e todas as idades. Alguns rostos emitiam aquela familiaridade típica que emana dos que são conhecidos e têm o hábito de ser reconhecidos. Fazem lembrar alguma coisa, mesmo entre aqueles que não os conhecem. Algumas pessoas observavam Fio e Charles Folquet com uma franqueza misturada com espanto, como quando diante de um acontecimento inesperado, um alívio por ver concretizando-se uma lenda que se achava excitante mas sem realmente acreditar nela. Outros fizeram pequenos sinais com a cabeça ou com a mão para Charles Folquet, para deixar claro que estavam à vontade. Alguns orgulhosos minoritários, por fim, conseguiram não demonstrar que tinham visto o casal chegar, e continuaram a conversar com pessoas que não os escutavam mais. Dois jovens, visivelmente embriagados, avançaram na direção de Charles Folquet e Fio. Cambaleavam com três taças de champanhe em cada mão, esforçando-se para não derrubá-las, em vão: suas roupas estavam cobertas de manchas de gordura, bebida e carne vermelha.

– Ab tinha escondido de nós que você existia. Sempre foi muito ciumento de seus tesouros. Agora eu entendo por que o mais espetacular deles se manteve por tanto tempo em segredo.

– Senhorita Régale – disse Charles Folquet, contrariado e incomodado –, apresento-lhe Dorso e Jean. Foram classificados por *Le Spectateur* como a dupla de artistas gays mais *in* desde Gilbert e George. Você certamente não os conhece: eles são famosos.

– É super *cool* não conhecer pessoas famosas – disse Dorso, ou Jean.

Falavam sobre Fio. Ela era "o mais espetacular dos tesouros". O chão tremia a seus pés. Era demais, aquele luxo, aquelas pessoas tão improváveis; ela se sentia como dentro de um filme de época que se passava no presente. Piscou os olhos, mordiscou os lábios, desarmada. Os dois homens, em resposta, sorriram. Fio não era ninguém, ela sabia disso, e sabia também que aqueles dois homens eram *alguém*. Durante toda a sua vida, ela aprendera – ensinaram-lhe – a que mundo pertencia, ou, mesmo que o termo já não estivesse na moda, a que classe pertencia. Apesar disso, eles a aceitavam, seus sorrisos, seus olhos, seus rostos, tudo demonstrava que a aceitavam no meio deles, sem condescendências nem desprezo ou gozações. Fio sentiu que inspirava medo em alguns, mas não um medo apavorante, e sim de respeito, como se temessem ser desagradáveis com ela ou contrariá-la.

As colocações exageradas de Dorso e Jean ofereceram aos demais uma oportunidade de se aproximar.

– Posso saber a sua idade? – perguntou alguém, que não sabia o que fazer com a língua.

– Tenho 22 anos – disse Fio olhando-o firme, estranhando que alguém se interessasse em saber a sua idade. Sentia-se como um cavalo de corrida sendo examinado e avaliado por jóqueis e proprietários.

Sua resposta não era totalmente verdadeira, embora não fosse também mentirosa. Apesar da boa vontade em se conformar com a data impressa no seu passaporte, não se sentia como tendo a sua idade, nem nenhuma outra, aliás. Chamay se aproximara de Charles Folquet com a discrição de um ministro, ou seja, atraindo à sua passagem dezenas de olhares.

– Charles, não consigo entender: Ambrose ainda não chegou. Oh, olá, senhor padre... Há algum casamento previsto?

O cardeal apertou a Bíblia com raiva e conteve-se para não corrigir o ministro. Ninguém mais tinha educação religiosa. Que as pessoas já não acreditassem em Deus, por que não?, não era problema seu, elas simplesmente não iriam mais para o paraíso; mas a falta de cultura justamente daqueles que deveriam representá-la e promovê-la lhe parecia insuportável. Um bútio planou sobre a festa, e o cardeal rezou para que ele não confundisse os convidados com arganazes.

Chamay virou o rosto intrigado com a música que se aproximava. Era um som de gaitas de fole. A multidão se afastou para dar passagem ao pequeno cortejo de músicos. Eles se espalharam em torno da mesa da festança. Os diversos círculos de conversas se desfizeram diante da fonte de música celta.

Todas as atenções se voltavam para Charles Folquet. Ele ergueu a mão. Os músicos pararam de tocar. O cardeal aproximou-se do bufê e abriu a sua Bíblia. Charles Folquet pegou o tecido de seda branca que cobria a mesa, puxou-o e fez toda a comida cair pelo chão. As taças de champanhe explodiram como lâmpadas cheias de luz líquida e gasosa, os alimentos se espalharam e sujaram com sua cor ocre os calçados, as barras dos vestidos e das calças dos curiosos que estavam mais próximos dali. Ele sacolejou a toalha como uma capa de toureiro que esvoaçou e se estendeu caindo diante da plateia paralisada. Todos descobriram então – e alguns foram obrigados a ficar na ponta dos pés ou empurrar os seus vizinhos – que o bufê não havia sido montado sobre uma mesa, mas sim sobre um túmulo de granito preto. Charles Folquet depositou uma rosa sobre ele. Todos os espectadores silenciaram.

– Do pó vieste, ao pó retornarás... – começou o cardeal.

Chamay correu na direção de Charles Folquet, intrigado com aquilo que imaginava se tratar de um *happening*. Não havia sido dele a ideia de fazer tudo aquilo que ali acontecia naquele momento, mas ainda era tempo de fazer os outros acreditarem que era seu cúmplice. Nada pior do que ir a reboque, ele não pertencia à raça dos espectadores, ora bolas, ele era ministro!

– Charles, o que é isso? Charles!

O jovem baixou os olhos em direção ao centro do túmulo. Havia um nome gravado na pedra, sem datas nem epitáfio. O ministro colocou sua taça de champanhe sobre o túmulo, pôs os óculos, decifrou o nome e empalideceu aterrorizado.

Charles Folquet trouxe Fio para perto do túmulo. Ela depositou a sua rosa ao lado da dele. E ambos se afastaram da multidão. O cardeal elevou a voz para encobrir o som do blá-blá-blá dos convivas estupefatos, agarrados aos seus cálices de cristal, alguns ainda mastigando alguma coisa. Os músicos recomeçaram a tocar.

Charles Folquet puxou Fio para fora da confusão. Poucos segundos antes, eles eram o alvo de todos os olhares da multidão e, de repente, como se uma cortina tivesse baixado, todas as atenções se voltaram para o incrível acontecimento. Caminharam ao longo da mansão até um pequeno bosque de carvalhos dispersos. O som das exclamações dos participantes involuntários da cerimônia fúnebre diminuiu, até desaparecer; ouvia-se apenas o vago murmúrio das gaitas de fole trazido pelo vento, que dele queria se livrar o quanto antes.

– Era o túmulo de...

– Isso mesmo, é o túmulo de Ambrose.

Um momento muito especial, acrescentou ele para si mesmo, estará nas primeiras páginas de todos os jornais. Uma ideia brilhante. Ambrose lhe expusera a ideia seis meses antes, desde que ficara sabendo de sua doença. Emeraldia o chamara na véspera para anunciar a morte do marido. Ele compareceu imediatamente, mas não pôde ver o corpo, que já estava enterrado. Prostrado em meio a dezenas de velas espalhadas em torno da sepultura, passara a noite velando o seu mentor, chorando, esvaziando garrafas de vinho e fumando maconha. Chegada a manhã, depois de alguns comprimidos multicoloridos, ele se aprumara e assumira as suas tarefas. A recepção estava marcada havia semanas, e ele não conseguiu deixar de considerar que Ambrose havia acertado com precisão na data de sua morte.

O bosque oferecia uma proteção contra os olhares dos outros; no entanto, os esqueléticos raios de sol do final do dia não tinham nenhuma cúpula muito densa para atravessar. Detiveram-se numa pequena clareira criada pela queda de um carvalho doente ocorrida durante a tempestade do mês anterior. Dezenas de árvores menores tinham sido derrubadas; flores e novas mudas cresciam no campo aberto. Sentaram-se no gigantesco tronco da árvore adormecida. Charles Folquet hesitava. Buscava inspiração nas folhas que pendiam sobre suas cabeças e cujo verde cheio de nervuras brilhava sob o manto do sol. Esperava por algum toque, os três sinais que, como no teatro, anunciariam o início da apresentação. Uma gota d'água escorreu pela curva de uma folha grande e se esparramou durante alguns segundos na sua ponta. Quando caiu, Charles Folquet decidiu que aquilo era o sinal.

– Você leu a *Odisseia*?

Levantou-se, sentou-se e logo se levantou de novo, andou para um lado e para outro, nervoso, o tempo necessário para colocar a cabeça em ordem e decidir que pose adotaria naquele momento histórico. Contra a sua própria vontade, o corpo se recusava a compor uma postura altiva, à altura daquilo que ele tinha para dizer. Por fim, desistiu da ideia de atingir o esplendor de um Napoleão no alto de uma pirâmide. Cruzou as mãos nas costas e postou-se de modo ereto, como se fosse declamar um poema.

Abercombrie tinha-lhe contado a história do jardim de Alkinoos. Gostaria de poder vomitá-la, colocá-la toda para fora, mas o máximo que conseguiu foi transmiti-la, um tanto já desgastada pela digestão de sua memória. Pelo que ele havia entendido, Ulisses, depois de encalhar numa ilha, foi resgatado por uma jovem chamada Nausicaa, que o guiou até seu pai, Alkinoos, cujo jardim encantado "dá uma pera nova ao lado de uma antiga, a maçã na maçã, o cacho de uvas no cacho de uvas, o figo no figo". Ulysses descobriu uma espécie de Paraíso, totalmente oposto à sua Ítaca natal, terra da realidade, local de discórdia e desordem. O Jardim era um recanto de abundância onde o inverno não se faz presente, onde ninguém sente frio nem fome. Alkinoos presidia os banquetes dos chefes; seu sábio governo era exercido em paz, apesar das pequenas guerras e das querelas fúteis, cada um se sentia no seu lugar e aceitava a sua sina. Mas o rei acabou morrendo, concluiu Charles Folquet.

– Está falando de Abercombrie.

– Estou, sim. Estou falando de Abercombrie. E de você também: você veio encalhar nesta ilha, pela vontade de Athenas, por assim dizer.

E eu sou Nausicaa, pensou ele, sem conter um pequeno sorriso interior. Ambrose lhe contara essa história alguns meses antes. Ele a repetira fidedignamente, o máximo possível, mesmo não conseguindo captar todo o seu sentido. Sabia que para Ambrose o Jardim de Alkinoos era o mundo da arte, gostara da erudição dessa metáfora, mas não via interesse em contar essa história toda para Fio Régale. Aliás, para ser franco, ele teria comparado o mundo da arte mais a Ítaca, com suas disputas permanentes. Ele se via todo pomposo resgatando essas coisas antigas, suas faces se avermelharam quando disse "pela vontade de Atenas". Registraria tudo isso de modo mais erudito em suas Memórias. Usando citações em grego.

– Devo-lhe algumas explicações.

– Não sei.

– Ambrose quis preservar você.

– Muito simpático, mas me preservar de quê?

– Mas... dos seus quadros, da importância deles. Queria evitar que se abatesse sobre você a pressão que a notoriedade provoca, para que pudesse continuar pintando com tranquilidade.

Fio sorriu. Aquele jovem era muito divertido, sua sinceridade ingênua, muito tocante. Teve de se concentrar e respirar fundo para não cair na gargalhada. Ele assumia o seu papel com a ansiedade do estreante que atua em uma peça importante e quer estar à altura da história que está sendo contada. Charles Folquet parecia um jovem militar largado em plena selva com uma missão por cumprir, e determinado a executá-la ao pé da letra. Ele se enrola com tantas armas presas ao seu uniforme, sua mochila transborda de coisas inúteis de que acha que irá precisar. Ele está equipado, tudo foi planejado, mas ele não conhece o inimigo, pois seus superiores o haviam descrito de forma mais apavoradora e mais desumana do que ele é na realidade. Fio preferiria que ele se dirigisse a ela sem todas essas histórias, afinal tinham mais ou menos a mesma idade. Ele falava como um velho mordomo, era ridículo.

– Ambrose me contou do encontro de vocês.

– Ah, é? E o que foi que ele disse?

– Contou-me como a encontrou por acaso, num parque. Dois anos atrás. Ele saía pouco, pois Ambrose sempre foi um eremita, mas aquele dia estava tão bonito, tão irreal, que se sentiu obrigado a penetrar naquela luz. Passeava com sua sombrinha pelas aleias do Jardim de Luxemburgo quando viu uma garota pintando, "puramente por prazer", disse, como ele nunca vira ninguém pintar. Observou-a a misturar formas e cores com uma graça inacreditável, petiscando ao mesmo tempo alguns docinhos com água de rosa. Ela criava uma obra de arte sem se dar conta disso. Fingindo-se um aposentado tranquilo, ele lhe perguntou se podia comprar aquela tela. Ela recusou. Ofereceu-lhe uma quantia ridícula, pois temia que a consciência de sua genialidade lhe cortasse as asas. A jovem não queria vender a sua tela, tinha a sensação de estar enganando um pobre velho. Ambrose insistiu com gentileza, disse que não queria apoderar-se dela, mas apenas tê-la perto de si. Sorrindo, a jovem acabou aceitando esse estranho contrato de locação. Ele me falou muito do seu sorriso. Toda vez que ela terminasse um quadro, ele poderia expô-lo em sua casa. Ele os conservaria, como num museu pessoal, e, no dia em que ela quisesse tê-los de volta, bastaria pedir. Assim, durante dois anos, ela respeitou esse acordo.

Charles Folquet sentia-se comovido com a história, que ele reconstituía como um evangelho decorado com devoção. Embaraçada, Fio girou uma mecha ruiva entre os dedos e olhou para o rapaz. Achava que de uma hora para outra acordaria desse sonho estranho. Não era ela que sonhava, mas sim aquele dândi volúvel. Começava a compreender o mal-entendido. A história era muito bonita, mas não acontecera exatamente assim.

Ela estava com dezoito anos, seus pais tinham morrido havia doze anos, o nome de Mamé fora engolido pelas chamas nove anos antes. Logo ela teria de se virar por conta própria, vale dizer, largar os estudos de direito antes mesmo de tê-los começado, para encontrar um trabalho. A maldição familiar de uma vida de pobreza pairava sobre ela. O espectro de seu futuro a atormentava o bastante para aguçar nela a busca de uma solução que lhe fornecesse os meios não apenas para sobreviver, mas para viver como quisesse.

Sabia desde sempre que os seres humanos têm coisas criticáveis. Há três atitudes possíveis diante da descoberta da imoralidade dos homens: a lamentação e a desesperança; o cinismo e a misantropia; e, por fim, a sua, o pragmatismo. Já que os ratos comem queijo e têm medo de gatos, ela iria dar um jeito de atraí-los.

Primeira constatação: as pessoas têm coisas que precisam esconder. Nem todas, mas o suficiente para que seja rentável. Têm amantes, desviam dinheiro, vendem informações... Em resumo, em sua vida particular e em sua vida profissional, as pessoas mentem, trapaceiam e roubam. Acrescentem-se à lista aqueles que guardam segredos de seu próprio passado, um assassinato, um crime qualquer, uma participação numa orgia ou num encontro de acionistas.

Segunda constatação: não existe nenhum jeito de saber dessas coisas. Principalmente para uma garota que não possui nenhum talento especial para brincar de detetive particular.

A sequência foi lógica. Ela escreveu cartas anônimas usando palavras recortadas do jornal. Sua sabedoria foi enviá-las ao acaso, para pessoas das quais ela não sabia nada. Pensara grande, privilegiando advogados, homens de negócio, enfim, aqueles que participam do jogo do poder e do dinheiro, e que têm mais possibilidade de ser crápulas ou, para ser mais caridoso, que apresentam um risco maior de sucumbir à tentação. Escolhia os seus doadores durante caminhadas pelos bairros ricos, anotava nomes e endereços em bilhetes de metrô que destruía em seguida. O texto das cartas se resumia a uma elipse misteriosa do tipo "Nós sabemos o que você fez. Você tem uma semana para pagar". A quantia solicitada não era muito alta, mas suficiente para que a chantagem fosse levada a sério. Era como um imposto que ela arrancava dos filhos da puta. Ela taxava a mentira.

O dinheiro, embrulhado em um saco de papel pardo, devia ser deixado num cantinho do penhasco de Buttes-Chaumont perto da cascata. Fio sabia que não era muito prudente de sua parte marcar sempre no mesmo lugar, mas ela era preguiçosa demais para estar sempre mudando a sua área de caça.

Teve de esperar oito semanas e oito cartas até que um peixe resolvesse cair na sua rede. Depois de alguns meses, percebeu que esse seria um bom ritmo: um pouco mais que uma de cada dez cartas rendia frutos. A probabilidade de ganhar alguma coisa era maior do que na loteria, e seus ganhos irregulares eram suficientes para viver.

Quando Charles Folquet veio buscá-la no seu apartamento da rua Baxt naquele sábado de dezembro, o seu trabalho como chantagista já completava quatro anos, e ela não se cansava de ver os homens colocando no lugar combinado o seu saquinho marrom, como uma oferenda ao Deus do Silêncio. Divertia-se vendo-os angustiados, mas também tocantes. Ignorava os crimes que levavam até ali aquelas pessoas, que não pareciam nem um pouco criminosas, homens com belos ternos, camuflados em capas da Burberry's. Sua tática para deixar o saquinho de papel era quase sempre a mesma: fingiam amarrar os sapatos. Fio constatou, por ocasião de sua terceira vítima, que estas eram sempre homens.

Para evitar qualquer risco de cair numa emboscada, Fio chegava muito tempo antes e aguardava algumas horas para pegar o dinheiro. Para não chamar a atenção, enrijecida em sua pose de garça ruiva, ela instalava um cavalete num dos pequenos terraços que davam para o parque em frente ao penhasco, a cem metros de distância, e durante as horas que a tocaia durava pintava um quadro cujo tema era justamente o personagem distante que ali deixava o seu donativo. Quando a ampulheta da criatividade se esvaziava, ela pegava os pincéis e ia lavá-los no pequeno lago onde caía a cascata e, "por acaso", encontrava o pequeno saco de papel pardo. Não se escondia. Olhava ao redor como se procurasse o seu proprietário, perguntando a um ou dois passantes se não tinham esquecido nada por ali. Em seguida, voltava para casa tranquilamente, com seu salário.

A pintura era o álibi para sua atividade criminosa. Mas aquilo que não passava de uma cobertura acabou virando uma paixão, com a qual lidava com um prazer cada vez maior. A certa altura, chegou a se questionar se não havia organizado todo aquele banditismo sutil apenas para fornecer a si mesma um pretexto para praticar uma arte. Quando criança, Fio gostava de desenhar e de pintar, e com algum talento, lembrava. Adorava museus e ocupara domingos inteiros perdendo-se neles. Desde alguns meses antes, passara a pintar também fora de sua atividade criminosa, ganhando confiança. Fizera vários retratos de Pélam, e pensara em convencer Zora a ser sua modelo.

Cruzou com Ambrose Abercombrie no primeiro ano de sua atividade. Não se lembrava mais de como chegara ao nome dele; na porta de alguma loja chique ou em um magazine, talvez; fixara as atenções nele depois de ouvir dizer que era famoso: não procurava saber muito mais coisa sobre ele. Na época, ela tinha decidido se tornar juíza de menores e dedicava todas as suas energias aos estudos.

Na mente de Fio, Ambrose Abercombrie não passava de uma silhueta com uma sombrinha, uma imagem sobre a qual o período de quatro anos lançara uma pátina. Lembrava-se dele, porém, pois seu caso fora o primeiro em que o seu estratagema fracassara. E, no entanto, agira como em todas as outras vezes.

Era uma manhã ensolarada de começo de primavera, o Buttes-Chaumont começava a se encher de caminhantes, crianças e desportistas. Estava pintando havia quase uma hora, ansiosa à espera de que a abelha viesse depositar seu mel. Já tinha traçado as grandes linhas de seu quadro, os contornos do penhasco e o horizonte do céu, quando se surpreendeu ao ver uma senhora deixando um saquinho perto do penhasco. Durante os poucos segundos que durou a operação, tentou captar o seu rosto, seus contornos imprecisos. Fio ficara tão chocada diante daquela presença feminina, que não começou, como de hábito, a desenhar as suas formas. Ficou com o pincel erguido. E a mulher partiu.

Fio sentira que alguém a observava pelas costas. Firme em seu papel de pintora dominical, mas, apesar de tudo, tomada por um sentimento de culpa desestabilizador, mordiscou uma bolacha antes de dar uma espiada atrás de si. Era apenas um velho. Um pouco encurvado, trajava calça preta, uma camisa havaiana e um chapéu-panamá. Usava óculos escuros enormes que ocultavam parte do seu rosto enrugado, abrigando-se debaixo de uma sombrinha japonesa branca estampada com flores de cerejeira. E lhe sorria. Sorria com uma conivência carinhosa. Fio imaginou que se tratasse de uma das vítimas de suas chantagens, mas sentiu-se perturbada, pois a sua atitude era a de uma leoa que observa seu filhote trazendo pela boca a sua primeira presa.

– Não é caro demais para um segredo – dissera ele.

Sua voz era suave. E ele parecia lamentar a pequenez financeira da chantagem.

– Não preciso mais do que isso para viver – respondeu Fio, a cabeça girando.

Ficaram em silêncio por alguns instantes. O homem a observara pintando. Fio interrompera a atividade rapidamente, incomodada com o seu olhar. Ele se sentara numa pequena cadeira cor de arco-íris. Ele pegou uma bolacha que estava no pacote aberto perto do cavalete. Algumas crianças passaram perto deles chutando uma bola no gramado.

– Você sabe quem eu sou?

– Alguém que fez alguma coisa que reprova, e com dinheiro bastante para pagar – disse ela, num tom desafiador um tanto largado. Suas têmporas pulsavam forte, sua boca estava seca.

– Não estou convencido de que tenho alguma coisa a reprovar em mim mesmo. Mas, na dúvida, prefiro pagar. E não acredito que você saiba muito mais do que eu.

– Então por que paga?

– Bem, se o meu segredo é que eu não tenho segredos, não gostaria que você o revelasse. Seria terrível. Dizer que não se guarda nenhum mistério é bem pior do que desvelar o mais chocante dos enigmas. Além disso, a bela ideia que você teve merece uma remuneração. Não sou o primeiro, não é? É um golpe realmente brilhante. Uma obra de arte, de certo modo. É isto: estou pagando pelo espetáculo em que, sem querer, estou atuando. Quero fazer alguma coisa para comprar o meu erro desconhecido. Às vezes cometemos crimes sem saber.

Ele então tossiu levemente. Sem deixar de sorrir, disse-lhe que estava doente e que ia morrer, não, não, nada a ver com aquela tosse, não se morre de doença: morre-se porque as mentiras acabam sendo sempre descobertas. Acrescentou que gostara do quadro dela, perguntou-lhe sobre suas pretensões artísticas e achou engraçado que ela não tivesse nenhuma. Não ameaçou denunciá-la à polícia, mas Fio sabia que ele tinha nas mãos essa possibilidade. Por isso, aceitou a ideia de lhe dar todos os quadros que ela pintaria dali em diante. Ele propôs uma quantia simbólica para cada quadro. Ela aceitou sem discutir, sem tentar negociar; prometeu lhe dar também alguns quadros que já havia pintado. Um caminhão veio retirá-los na casa dela no dia seguinte. A partir de então, depois de cada golpe aplicado, ela deixava o quadro no cavalete, calculando que alguém viria pegá-lo. No dia seguinte, recebia pelo correio um envelope com algumas notas. E depositava o dinheiro numa poupança.

– Por que aquela velha disse que achava que eu era um homem?

Charles Folquet esperava que a jovem reagisse. Não sabia mais o que dizer. Trazia na cabeça o dia em que Ambrose havia falado dela pela primeira vez. Fora no Museum of Modern Art, na frente do quadro de Roy Lichtenstein, *Drawing girl*. Enxergava a cena perfeitamente. Tinham deixado o museu nova-iorquino e voltado para a França. Ambrose lhe mostrou os seus belos quadros e lhe transmitiu as instruções de anjo da guarda. Encontrar-se diante do autor daquelas obras causava-lhe uma sensação estranha, como o nascimento de um fantasma. Ela não fazia ideia do que acontecia com ele. Sorte dela: não teria necessidade de fazer o giro das galerias para poder vender a sua arte. Surgira do nada, e todas as portas já estavam abertas para ela. Invejava-a, mas sem ódio, invejava-a com admiração. Ela não queria nada, e tudo lhe era oferecido. Não teria necessidade de lutar nem de bajular ninguém para conquistar o seu lugar no mundo da arte.

– Emeraldia... Ela sempre teve medo de que Ambrose se relacionasse com um homem. Achava que ele mantinha você em segredo por se tratar disso. Mas não, não era nada disso. A revelação da sua existência só poderia ser feita por ocasião da morte de Ambrose: você é o seu testamento e o seu legado.

– Não entendo. Vocês querem fazer uma exposição?

– De modo algum. Seus quadros serão desejados demais para ser exibidos.

A folhagem se agitou, um pássaro voou, eles ouviram alguém praguejando e arrancando um galho. Por fim, um homem apareceu na clareira onde conversavam. Correu em direção a Charles Folquet, entusiasmado com a cerimônia e com a presença daquele pequeno prodígio de cabelos ruivos. Segurou as mãos de Fio, que desviou o rosto de seu hálito carregado de álcool. Incomodada com o cheiro e com aquele comportamento exaltado do homem, ela não entendeu tudo o que ele dizia, a não ser que havia conhecido os seus quadros numa exposição em Milão e, sem ser muito preciso, que nunca tinha visto nada igual. A taxa de álcool em seu sangue começava a cair, razão pela qual ele logo se foi, fazendo-lhes uma reverência e correndo em meio às arvores para se juntar à festa, ou ao funeral, já não sabia muito bem. A maior parte dos convidados já tinha partido, alguns sentindo-se ofendidos, outros entristecidos com a perda do amigo, e muitos morrendo de vontade de contar para alguém o acontecido.

– Houve uma exposição em Milão? – perguntou Fio depois que o homem excitado sumiu.

– Não, não houve nenhuma exposição em Milão. Mas o que conta é que ele a viu. E principalmente que fale sobre ela.

Fio não sabia se devia sorrir. Aquela era uma situação inédita, era tudo tão novo, não tinha nenhum manual para lhe explicar o que acontecia com ela. Tudo aquilo que ela presenciara nas últimas três horas era completamente ridículo, cômico, absurdo, e no entanto se sentia em perigo. O sol tinha se posto, e ela nem percebera.

Era meia-noite quando o carro estacionou em frente ao prédio da rua Baxt. Sempre atencioso, Charles Folquet abriu a porta para Fio sair, e o frio a acordou. Ela recusou o cachecol de caxemira que o jovem ofereceu. Ele a acompanhou até a porta de entrada e aguardou como se esperasse alguma coisa, talvez que Fio o autorizasse a partir.

– Obrigada – disse Fio.

Ele balbuciou algumas palavras tão sinceras quanto desajeitadas sobre o prazer que tinha tido em conhecê-la. Fio lamentava que um rapaz tão bonito se rebaixasse daquele modo diante dela. Não estava habituada a esse tipo de situação.

Repensou nos acontecimentos da noite. E sorriu. Aquelas pessoas tão sérias. Aquelas palavras tão pomposas. Aquele morto tão presente. Depois do relato fantasioso de seu encontro com Abercombrie, Charles Folquet a afastara dos pinguins excitados da festa do jardim; dividiram o jantar com os empregados domésticos na cozinha da mansão. Foi uma pausa refrescante durante a qual conversaram sobre coisas leves, o preço do tomate e os últimos filmes em cartaz.

Fio empurrou a porta de entrada e subiu os três andares, até o seu apartamento. Uma mulher alta de uns trinta anos vestida de preto a aguardava diante da porta, sentada numa poltrona de veludo verde, um cigarro na mão. Aos seus pés, havia dezenas de guimbas amassadas como insetos. Seus longos cabelos pretos, parcialmente cobertos por um chapéu, brilhavam na penumbra.

– Já viu que horas são? Será que eu preciso lembrar você de que amanhã nós vamos à Feira de Natal?

Fio sorriu, e um pouco de seu cansaço se desvaneceu. Pelo menos uma coisa não tinha mudado: Zora.

Fio morava num bairro que se diferenciava dos outros por conter edifícios que não existiam em outra parte, mas que, afinal de contas, poderiam muito bem existir. Seu prédio poderia ser pintado de rosa, decorado com gárgulas ameaçadoras e frisagens, mas, apesar desse seu potencial arquitetônico cômico, soube contentar-se com a sua feiura de pedra lisa e bege. Não possuía a majestade das obras do grande Wren, pois o contrato de construção previa apenas um edifício comum. Como uma pequena forma de vingança, o arquiteto frustrado, e apaixonado pelo mestre inglês, mandara gravar sobre a porta da entrada o epitáfio que se encontra na sepultura de Wren na Cripta de Saint-Paul: *... lector, si monumentum requiris, circumspice*. "Leitor, se o que você quer é um monumento, olhe à sua volta."

A chave de Fio só conseguia abrir um entre os milhões de apartamentos da cidade, e ela devia a um inexplicável golpe de sorte o fato de que fosse justamente o seu. Morava na rua Baxt, entre a rua Piat e a Jouye-Rouve, no último distrito de Paris. Era uma pequena rua sem saída, perpendicular à rua de Belleville. O prédio de Fio ficava no final, escondido na escuridão de dois lampadários com lâmpadas protegidas por grades.

Outros prédios se postavam em sentido na ponta da rua, mas, na verdade, transmitiam tão pouca convicção, que se fossem chaleiras daria na mesma. Era um bairro tranquilo. As autoridades tinham decidido que, considerando o preço do metro quadrado, não haveria ali mais do que quarenta acidentes automobilísticos, setenta e nove brigas e quarenta e uma crises cardíacas por ano.

Os moradores eram bons cidadãos e, portanto, obedeciam às estatísticas. No outono, os bordos viam suas belas folhas se amarelarem, avermelharem e caírem. Era muito bonito, eles mereciam até cumprimentos, mas, bem, afinal de contas, a Natureza lhes pagava para isso. As folhas eram depois esmagadas pelas solas dos sapatos dos passantes, varridas para o esgoto, levadas no seu fluxo e aos poucos se decompunham.

Fio não conhecia bem os moradores de seu bairro. Imaginava que seriam católicos praticantes e padeiros asmáticos, advogados comerciais aracnófobos e ladrões de olhos azuis, assassinos imberbes e carteiros barbudos, operários metalúrgicos loiros, professores morenos de olhos verdes, comerciantes futebolistas e tiras insones apaixonados por flocos de milho integral com grãos de uva-passa de Corinto. Não tinha provas, nem queria ir atrás delas, mas Fio achava que o seu bairro abrigava todos esses tipos de pessoas, e outros mais.

Quando Fio chegou a Paris para iniciar os estudos de direito, passou meses procurando um apartamento, desesperadamente. Mas, sem um trabalho assalariado, sem apoio paterno, não tinha o perfil apropriado para agradar aos proprietários e corretores imobiliários. Alguns destes organizavam visitas coletivas para os aspirantes a uma locação, e, entre as vinte ou trinta pessoas presentes, escolhiam a que apresentasse o melhor portfólio, ou seja, aquela que tivesse uma situação estável e próspera e cujos pais também a padecessem. A sociedade é muito bem organizada para aqueles que já têm tudo. Fio então se pôs à mercê da sorte, esperando que Deus existisse para que os corretores imobiliários fossem queimados no inferno por toda a eternidade, ou que pelo menos tivessem uma unha encravada.

Encontrou um anúncio que não exigia nenhum portfólio nem referências. E ali se apresentou, na rua Baxt. Zora a recebera na entrada do prédio. Fio não era do tipo que se deixasse impressionar por qualquer um, não por causa de um suposto sentimento de superioridade ou por excesso de autoconfiança, era apenas uma garota simples que encarava as coisas simplesmente. Mas, ao vê-la, considerou que Zora Marprelate era uma mulher que devia impressionar as pessoas: alta e bonita, vestida de preto, com um permanente ar exasperado no rosto. Usava luvas delicadas de veludo preto qualquer que fosse a ocasião, pois, como lhe explicou, "em todos os lugares há sempre um crime que foi cometido", e ela não queria deixar impressões digitais que pudessem incriminá-la. Zora abriu uma porta do térreo e convidou Fio a entrar em um armário de vassouras repleto de produtos de limpeza. Zora apertou um interruptor, e uma luz com menos de 10 watts se acendeu. Ela fechou a porta. As duas jovens ficaram com os rostos tão próximos que Fio podia sentir o calor da ponta acesa do cigarro de Zora. Ela respondera às perguntas da jovem proprietária.

– Então, querida, se estou entendendo bem, você não tem comprovante de renda nem nenhum pai como fiador.

– Não.

– Ótimo, isso me parece perfeito. Se você soubesse quanta humilhação as pessoas estão dispostas a sofrer mantendo o sorriso para atingir os seus objetivos... Você não parece fazer esse gênero. Muito bem. Espero de qualquer maneira que você não seja dura, pois eu não tolero nenhum atraso no pagamento do aluguel. Fale de você, conte-me seus segredos... Adoro segredos.

– Não sei. Gosto de neve.

– Legal. Bem instigante. Por que você gosta de neve? Gosta de transar nela, como um animal?

– Gosto das marcas deixadas pelos flocos de neve.

Zora pedira a Fio que a seguisse. Tinham subido até o telhado. Do alto do prédio cravado no final da rua sem saída e cercado por edifícios mais altos, não se podia ver nada, a não ser a ponta superior da torre Eiffel. No meio da laje, havia uma forma indefinida coberta por um lençol. Zora pediu que Fio fechasse os olhos. Fio escutou o som do pano sendo puxado e jogado ao chão, seguido de um tinido repetitivo. Tudo isso ocorria em agosto, quando o calor, misturado com a poluição, deixava o ar sufocante. Fio sentiu pequenas picadas nas mãos e no rosto, um pequeno peso sobre os cabelos. Abriu os olhos: Zora reinava orgulhosamente apoiada em um canhão de neve que expelia flocos em grande quantidade. A maioria derretia, mas, pouco a pouco, uma fina camada branca cobriu o chão e as duas moças.

Fio mudou-se no mesmo dia. Havia quatro apartamentos em cada um dos seis andares. A primeira coisa que chocava quando se entrava no hall era o nome de Zora Marprelate escrito em vinte e três das vinte e quatro caixas de correio. Nunca se entendera com os vizinhos, e assim, quando estes saíam, ia comprando os seus apartamentos. Deixara apenas um livre, reservado para algum vizinho que ela se sentisse capaz de suportar. Viver em um prédio com crianças correndo para todos os lados, rancores acumulados e fricções entre vizinhos de piso, gente insone que resolve fazer bricolagem às três da manhã, gritos e gemidos de sexo, discussões, não, muito obrigada, isso era baixo demais para ela. Todos os seus vinte e três apartamentos traziam a mesma decoração: o mesmo sofá, a mesma geladeira, os mesmos pôsteres e armários, e, dentro dos armários, as mesmas roupas. Zora tinha decidido que definitivamente não se dobraria diante das chateações da vida cotidiana, e, em consequência, não pagava suas contas de luz, de aquecimento, de telefone... Simplesmente por má vontade, qualidade que a caracterizava perfeitamente. Não era raro, assim, que a eletricidade fosse de repente cortada em um apartamento. Bastava-lhe, então, passar para o apartamento da frente ou para o de algum outro andar. Acabava acertando as contas, mas só as pagava, conforme explicou a Fio, quando se convencia de que os seus credores começavam a ansiar ardentemente por seu dinheiro. E eles precisavam prová-lo por meio de cartas registradas, ameaças feitas por mensageiros e seguidos telefonemas ameaçadores. Zora detestava formalidades.

Aproximaram-se cada vez mais. Suas personalidades combinavam. Até que um dia ambas assumiram a responsabilidade e o privilégio de ser uma a melhor amiga da outra. Fio tivera outros amigos antes de Zora, pois todo mundo tem amigos. Tinha também uma torradeira; nem todo mundo tem uma torradeira. Iam juntas ao cinema, tomavam chá em salões que cheiravam a canela, bebiam cerveja em bares perfumados com tabaco. Fio não tinha certeza de que aqueles e aquelas que ela chamava de *amigos* por uma licença poética fossem sempre as mesmas pessoas. Ela observava que uma Mélanie se transformava em Valérie, que uma Suzanne se tornava da noite para o dia uma Aurélie. Mas ela não levava a sério essa inconstância relativa às suas identidades. Gostava de sair com os amigos, era o único momento em que se sentia realmente só. Deixava frases e palavras flutuarem sobre as espumas das conversas. Nos grupos de amigos, cada um tem o seu papel. Ela era o pelo a ser raspado, suas observações faziam se destacar, sem maiores consequências, o aroma insípido de suas noitadas. Fio acabou percebendo que tinha amigos antes de mais nada para saber se ela estava realmente ali. Ouvia o telefone tocar, atendia e dizia: “Pois não.” E alguém então gritava, aliviado: “Ah, Fio, você está aí!” Então Fio ficava sabendo que estava ali. Mas com Zora era diferente.

Desde que se conheceram, os seus amigos, por comparação, tinham perdido o caráter de amizade, passando a ser apenas conhecidos. Parou de sair com eles como alguém que para de fumar cigarros sem nicotina.

Há quem tenha pés grandes, outros têm manchas vermelhas. Já Zora possuía a incrível faculdade de detestar. Fio, sem fazer esforço algum, poderia desprezar tudo, fazer julgamento, pois o mundo não se oferecia a ela em sua forma mais bela, os seres humanos não eram os mais simpáticos, mas o seu sorriso tímido não a deixava sucumbir diante daquilo que seu pensamento produzia, sobretudo quando se tratava de verdades. Optara por não condenar sua vida a ficar sempre condenando.

Deve-se dizer que Zora fazia amplamente a sua parte.

"Está vendo, minha querida... há dois mil anos, para ser alguém tolerante, bastava ser contra o massacre sistemático dos ladrões e criminosos. A maioria achava normal a pena de morte, a sujeição das mulheres, a escravidão, a lei dos religiosos e a do chefe guerreiro local. Se alguém sugerisse que os ladrões fossem executados sem passar antes pela tortura, era considerado uma mente tolerante ou, para os mantenedores da ordem, um louco utopista que com suas ideias progressistas levaria a sociedade à perdição. Hoje em dia, quando a tolerância é vista como uma virtude enaltecida por qualquer imbecil, torna-se cada vez mais difícil estar na sua vanguarda, já não é possível se diferenciar dentro da massa moral. Os tolerantes já não cheiram a podridão, já não são criticados nem pulverizados. A tolerância era uma espécie de aristocracia das mentes mais avançadas. Mas, agora que ela se popularizou, esses aristocratas, para não perder a sua posição, esticam a sua tolerância até um ponto que jamais imaginavam um século atrás. Buscam novos limites, no sexo, na arte, nas drogas, avançam até onde estarão sozinhos, longe dos bem-pensantes que estabelecem os limites por ser ultrapassados por eles. Precisam da moral majoritária, justamente para se opor a ela, para gritar 'basta de censura' e reivindicar a herança daqueles que antigamente arriscaram suas vidas combatendo-a. Mas eles mesmos não se arriscam a nada, a não ser a ganhar mais fama e dinheiro."

Se existe alguma coisa que Zora detesta mais do que a intolerância, essa coisa é a tolerância. Fio aprendera a não levar muito a sério tudo o que a amiga dizia. Com exceção de Fio, Zora não tinha amigos. Por dois motivos: primeiro, porque ela detestava todo o mundo; segundo, porque havia gente demais querendo gostar dela. Era rica, bela como a *Senhorita de Rohan* de Stevens, e de natureza amável, a qual, por modéstia e por pudor, escondia-se atrás de um biombo formado pela mais amarga das maldades.

Fio tinha uma teoria sobre Zora. Chegara à conclusão de que sua amiga carregava dentro de si o ódio de todos os infelizes. Grandes quantidades de madres Teresas e de organizações carregam a voz das pessoas pobres sob a forma de dinheiro, amor, amizade, educação... Fala-se na gentil e tocante dor dos infelizes, mas quem divulga o seu ódio? Zora era a única que ousava odiar sem ter uma religião ou uma causa política como pretexto. Defendia o ódio em nome de todos aqueles que não tinham meios de expressá-lo. Falava em nome da amargura, das tristezas represadas e das humilhações. Falava em nome de todos esses idiotas que detestam as coisas de que eles gostariam de gostar, mas que as odeiam por serem inacessíveis. O ódio é uma forma de se consolar em relação às coisas que nunca se poderão ter. Zora não odiava por ela mesma, mas pelos outros. De certa maneira, seu ódio era uma forma de altruísmo.

Durante nove anos, fora modelo da famosa agência Licetheli. Nas passarelas e nas revistas, aceitara receber o dinheiro que lhe davam por ser bela. Não era um ofício tão cansativo, não era obrigada a ser bela o tempo todo. Sabia que por trás do anseio pelos produtos que expunha, seu público escondia o louco desejo de possuí-la. As mulheres não queriam usar as roupas de espantalho dos grandes costureiros, não, eram ridículas demais. Queriam vestir a ela mesma, esvaziá-la de seus intestinos, de seus órgãos internos, limpá-la completamente, para então entrar em sua pele como numa combinação. Logicamente, compravam as suas criações, mas estas não eram outra coisa senão a pele seca da serpente após a muda; em suas carteiras, o que havia eram facas afiadas de açougueiro. Um belo dia, Zora decidiu que não queria mais parecer a mulher perfeita retocada pelo computador com a qual homens e mulheres alimentam suas fantasias. Pediu demissão de sua beleza. Com grande estardalhaço, pôs fim aos seus contratos e entregou-se à excitante descoberta de seu talento para o escândalo. Aos que a acusavam de cuspir no prato que lhe assegurara a fortuna, retorquia que aquelas suas cusparadas eram apenas o prelúdio de um vômito que subia dentro dela e com o qual esperava cobrir toda a profissão.

Desde então, Zora tornou-se a mais perfeita encarnação do espírito de contradição. Dizia-se a favor da caça, da tourada, das pesquisas com energia nuclear, dos castigos físicos; de fumar tudo o que seja fumável, cigarro, charuto, maconha; atacava a democracia, a anarquia, a aristocracia, a monarquia e a ditadura. Para resumir, digamos que ela se expunha contra tudo e contra todos. Gostava de chá, torrada com manteiga salgada e doce de laranja – o que lhe bastava para se dizer na vanguarda do bem viver.

Zora detestava maravilhosamente, com talento, encanto e elegância, como se essa graça lhe tivesse sido presenteada pelos deuses. Essa qualidade era extraordinária, como uma precognição: mesmo quando Zora não conhecia determinada pessoa, antes de vê-la ou de ouvi-la falar, já a detestava por antecipação. Essa prevenção era o seu orgulho. Sabia distinguir em cada pessoa um ser detestável, sabia desfazer com delicadeza o laço dos fios de ouro que mantinham empacotados os bolsões de pus escondidos no coração da maior parte das pessoas, a hipocrisia e a mentira. Cada um de seus ódios era encravado como um diamante, erguia um panteão de escrotos, todos tinham direito à sua estátua, digna de um Donatello, talhada em excrementos e na putrefação. Zora era uma superdotada do ódio, um gênio da ojeriza, o Einstein da execração, o Mozart do desprezo.

Depois de conhecer Zora, Fio passou a se achar quase normal. Acreditava-se cínica, antissocial, mordaz, mas, ao lado da amiga, não passava de uma frágil florzinha-do-campo.

As duas descobriram que a amizade tinha o poder de conferir uma realidade física àquilo que diziam: suas palavras se imprimiam nos poucos centímetros de ar que as envolviam, ganhavam uma espécie de poder mágico. Seu humor distanciado as colocava ao abrigo de um relacionamento que poderia facilmente levar a uma fusão.

Zora só vivia de noite, como se fosse um sonho de Fio. Desde que largara o ofício de modelo, dedicava seu tempo e toda a sua fortuna às cruzadas contra as coisas que a deixavam nervosa. Ou seja, quase tudo. Assim, se não suportava os carros, tampouco gostava dos ecologistas, e mandou fazer, então, uma bicicleta poluidora. Era uma bicicleta holandesa simples, preta, com quadro alto, no qual encaixara um pequeno motor a diesel, motor este que não impulsionava as rodas, mas cuja função era exclusivamente produzir uma fumaça espessa e nauseabunda. Guardava num fichário os recortes de jornal que falavam de suas façanhas, como a instalação de distribuidores de preservativos em vários edifícios e igrejas do Vaticano. Seria um equívoco acreditar que ela pertencesse a determinado campo, contra a Igreja por exemplo (abominava os crentes e os ateus com a mesma intensidade): nada a deixava mais nervosa do que as pessoas que aplaudiam as suas ações; em geral, elas sempre se tornavam as suas vítimas seguintes. Zora não era a favor de ninguém, mantendo uma preocupação inabalável com a imparcialidade. Era contra o mundo inteiro.

No começo do outono, depois de ver uma reportagem sobre o papa hippie do LSD, Timothy Leary, que determinara que quando morresse a sua cabeça fosse congelada, e que espalhara frascos com seu sangue pelos quatro cantos do mundo na esperança de um dia ressuscitar ou ser clonado, Zora penetrara uma cólera fria, pasma diante de tamanha bobagem megalomaníaca. Como um general a preparar uma operação militar de grande porte, prendeu um mapa na parede e marcou nele, com bandeirinhas, os locais onde o sangue de Timothy Leary estava estocado. E fomentou verdadeiras ações de guerrilha. Em outubro, sabotou o circuito de refrigeração do Techgen de Boston; em novembro, roubou as gotas de sangue armazenadas no GenOlife da Suíça. De acordo com as suas estimativas, a operação Leary ainda a ocuparia por duas estações. Zora previa concluí-la em grande estilo, raptando a cabeça congelada do velho hippie, conservada numa tina criogênica do Instituto Turtle de Los Angeles. Não decidira, ainda, se a daria de comer aos porcos ou se a enterraria num lixão.

As operações especiais de Zora tomavam apenas parte de seu tempo. Contava suas façanhas a Fio, que também lhe sugeria algumas metas por cumprir.

As noites em que se praticava a sua amizade eram mais tranquilas.

Assistiam a *Superballoon*, um seriado sobre justiceiros excêntricos que percorriam o mundo inteiro graças ao seu balão ultra-aperfeiçoado para lutar contra o crime.

Organizavam noitadas durante as quais tomavam bebidas alcoólicas de todas as cores e fumavam charutos de todos os modelos, comiam desde McFlurry até M&Ms, alimentos fast-food, e viam filmes de Busby Berkeley e de Baz Luhrman. Essas noitadas tinham o nome, registrado, de Noites Tóxicas.

Em homenagem a Sherlock Holmes, atiravam nas paredes dos apartamentos de Zora. A verdadeira razão dessa prática remontava ao dia em que Zora batera com a cabeça na parede do apartamento 18. Ela havia xingado a parede, aplicara nela socos e pontapés, e gastara ali um cartucho inteiro de balas. Sentira-se, depois disso, bem melhor. A partir daí, desenvolveu uma filosofia que combinava com a sua personalidade: toda vez que algum objeto a maltratasse ou lhe faltasse com o respeito, ela se defenderia. Assim, estraçalhou a torradeira a golpes de taco de beisebol por ela ter queimado demais uma fatia de pão. O temperamento de Zora não se adequava mais aos objetos inanimados do que aos seres vivos: às vezes se enchia da porta ou da cama. Na semana anterior, ela atingira a geladeira com quinze balas de sua Magnum 357.

As duas amigas compartilhavam a mesma paixão pelos crepes com creme de castanha e chantilly da Misha Shima. Apesar de seus níveis homicidas de açúcar e gordura, as refeições e lanches realizados na creperia não eram contabilizados nas Noites Tóxicas. A creperia de Misha ficava à esquerda do prédio de Zora e Fio, quase na esquina com a rua de Belleville. Misha era a mulher mais adorável do mundo, e, apesar disso, Zora tinha grande respeito por ela. Fio nunca havia visto Zora impressionar-se com ninguém, mas na presença de Misha a amiga ficava desarmada. A creperia se transformaria na cantina das duas, tanto pela proximidade geográfica quanto pela proximidade em matéria de humor. Todas as noites, o marido de Misha, Georges, subia ao pequeno palco e entoava canções de amor asiáticas com uma paixão enorme, só comparável à sua inacreditável falta de talento. Ele era tão ruim, que se tornava absurdamente emocionante. Evidentemente, isso não atraía muitos clientes, e no mês de setembro anterior Misha havia anunciado aos seus clientes preferidos que eles estavam ali degustando os seus últimos crepes.

– Que história é essa? – disse Zora. – Você está brincando?

– Vamos fechar semana que vem. Não há bastantes fregueses. Não há gente suficiente que queira comer os crepes de Misha.

Além do desempenho vocal do marido, Misha também tinha uma forma bem pouco comercial de administrar a sua creperia. Era uma mulher bem baixinha e gorducha, com olhos lindamente embotados e uma boca fantástica que produzia um delicioso doce de sorrisos. Acreditava na força do destino para as menores coisas.

Assim, quando um freguês entrava na creperia, ela já sabia que crepe lhe estava destinado pelo grande desenho cósmico do criador do universo. Cada freguês lhe inspirava um crepe, e este não podia dizer nada, não havia nenhuma chance de os outros dizerem para Misha o que ela devia fazer em sua cozinha. A creperia era a casa dela, e as pessoas comeriam o que ela preparava, e ponto final. Não era nem um pouco agressiva, ninguém poderia ser mais brando do que ela, apenas tinha a sua forma de ver as coisas.

Zora colocou na mesa a sua colher e saiu. Cinco minutos depois, voltou e levantou a mão chamando Misha. Pôs sobre o balcão um maço enorme de dinheiro e encomendou 12 mil crepes. A creperia estava salva.

Agora, sentada numa poltrona de veludo verde, Zora fita Fio com seus grandes olhos negros.

– Pélam veio arranhar a minha porta.

Pélam era o camaleão que Zora dera de presente a Fio para comemorar a sua chegada. Em quatro anos, Fio nunca o viu, mas sabia que ele estava por ali em algum canto do apartamento, pois sua tigela, na qual ela colocava insetos fritos, se esvaziava todos os dias. De vez em quando, sobretudo à noite, ela ouvia barulhos estranhos, algo roçando, deslocamentos furtivos de objetos, sons quase imperceptíveis de mastigação. Tinha a sensação de hospedar uma criatura fantasmagórica. De qualquer modo, Fio nunca viu um único inseto em seu apartamento, e no verão nenhum mosquito aparecia para importuná-la.

– Saí meio apressada, e esqueci de lhe dar as formigas.

– Novidades, novidades, novidades – disse Zora avidamente. – Você tem novidades, tenho certeza. Não é, querida? Então, diga-me: com quem, quantas vezes e como foi?

– Lembra o retrato do Pélam que eu dei para você?

– Você quer dizer do sofá?

– Eu pinto alguma coisa.

– Eu sei, querida, no âmbito da "Magistral trapaça de Buttes-Chaumont". Seus quadros são muito bonitos, você deveria pensar em fazer cartões-postais.

– Tem gente que me acha talentosa.

– Que ótimo. Quem?

– Uma pessoa que se chamava Ambrose Abercombrie. Ele morreu.

Zora jogou a guimba do cigarro no chão e acendeu outro. Olhou para Fio com um misto de surpresa e admiração dando pequenos golpes no chão com o salto do sapato. Fio apoiou-se na parede e, depois de afastar uma mecha de cabelo da testa, enfiou as mãos nos enormes bolsos de seu velho mantô de tweed. A luz fraca do corredor se apagou. O cigarro de Zora agora brilhava na escuridão. Fio apertou o botão da minuteria.

– Adoro você, querida. Você é incrível. Quer dizer que Abercombrie finalmente morreu? Devia estar com mais de cem anos. Pela sua descontração, vejo que você não sabe quem era essa "pessoa que se chamava Ambrose Abercombrie..."

– Nada disso. Sei exatamente quem ele é. Lidava com arte.

– Muito bem. Mas Abercombrie não lidava com arte, ele era a arte. Ele escreveu todo o roteiro da história da arte dos últimos oitenta anos. A maior parte dos artistas importantes deste século deve tudo a Abercombrie. Abra um livro qualquer de arte, numa página qualquer, e você cairá no nome dele. Se o mundo da arte fosse a ONU, ele seria os Estados Unidos. Mas, merda, basta você ler os jornais.

– Meus estudos não me deixam muito tempo para ler as páginas de cultura dos jornais.

– Ah, sim. Mas, acredite, pode esquecer os estudos. De qualquer maneira, isso, sim, é que é novidade! Se Abercombrie se interessou pelos seus quadros, é um ótimo sinal. Você vai ganhar muita grana. Eu tinha certeza de que você tinha talento, querida. Então, pegue a grana e caia fora.

– O que você sabe sobre ele?

– Sei o que todas as pessoas que não têm nada a ver com essa porcaria do mundo da arte sabem, só isso. Ou seja: que Abercombrie é o Moisés. E que era conhecido por sua discrição. Fazia anos que ninguém o via. Mas ele continuava a mexer os pauzinhos.

Zora ficara desconcertada diante da notícia, mas rapidamente retomara o prumo. Estava feliz por Fio, e orgulhosa, como uma galinha com seus pintinhos. Nunca a imaginara advogada ou juíza. As duas amigas, embriagadas pela excitação de todas aquelas revelações e por um futuro que se anunciava promissor, puseram-se então a conversar sobre o acontecimento do qual se ocupariam na manhã seguinte. No domingo, inaugurava-se no bairro a Feira de Natal. E isso valia mais do que todos os Abercombries e Charles Folquets do mundo juntos.

Charles Folquet veio pegar Fio perto do meio-dia. Durante toda a manhã, ela e Zora haviam circulado entre as barracas da Feira do Natal da rua dos Pyrénées até a esquina com a Belleville. Presa na transversal, no meio da rua, uma faixa anunciava em letras góticas vermelhas a "8ª Feira de Natal". Não havia neve. Zora, irritada com esse dissabor, amaldiçoara a Gulf Stream até a sétima geração. O frio, no entanto, pinicava agradavelmente a pele. É verdade que a feira ficava mais mágica à noite, quando todas as guirlandas elétricas multicoloridas iluminavam os tabuleiros dos vendedores, mas elas não tinham tido paciência para esperar. Fazia vinte e quatro horas que Fio se sentia aturdida; todas aquelas pessoas de países e continentes diferentes reunidas numa feira alsaciana não facilitavam muito as coisas. Queria comprar tudo, experimentar de tudo; queria engolfar num mesmo apetite as comidas, as cores e as formas. O cheiro da castanha quente, dos pinheirinhos e dos doces, o som dos chocalhos e dos sinos – tudo isso criava uma atmosfera de conto de fadas. Tecidos estampavam a Fada dos Morangos, os Anões da garganta dos Lobos ou a Feiticeira de Koestlach; todos os personagens das lendas da Floresta de Altkirch as acolhiam em seu mundo encantado.

Compraram biscoitos amanteigados com anis e com canela em forma de personagens e estrelas e deliciosos pãezinhos com frutas cristalizadas. Sentaram-se num banco bebendo quentão e assistiram à apresentação de um grupo de homens e mulheres vestidos com roupas tradicionais alsacianas que discutiam em seu dialeto de modo bastante divertido, certamente reproduzindo ritos ancestrais cujas sutilezas elas não conseguiam apreender.

A ceia de Natal só aconteceria dali a três dias, mas elas já fantasiavam sobre a composição de sua mesa. Impregnavam-se daquela atmosfera de felicidade, usufruindo-a como um cheiro de comida em preparação numa cozinha. Seria o quarto Natal que passariam juntas. Nos dois primeiros, haviam resistido à obrigação de fazer a festa, organizando, em vez disso, uma guerra de bolas de neve na cobertura do prédio. Mas o Natal era uma tradição excitante demais, e elas acabaram cedendo aos seus prazeres infantis. O terceiro, assim, foi bastante agitado. Fio convidara uma jovem professora peruana que estava concluindo a sua tese de direito em Paris e não conhecia ninguém para passar as festas junto. Zora, inicialmente, não convidara ninguém, mas tinha esquecido um de seus amantes num apartamento do sexto andar. Ao subir até a cobertura para ler debaixo de neve deitada numa espreguiçadeira, Fio ouviu os socos desesperados na porta e o libertou de seus dois dias de prisão. Zora queria que ele se fosse, mas o homem desfaleceu de inanição. Em sua queda, abriu os supercílios, e as batidas de sua cabeça estragaram um pouco os degraus da escadaria. Provavelmente embebida do espírito natalino, Zora sentiu pena de seu já descartado amante. Tinha saído para comprar vinho e voltava com uma garrafa de Coca-Cola e um morador de rua. A ceia foi reveladora: Fio e Zora se deram conta de que 1) o tal amante era um imbecil, 2) o morador de rua fedia e se recusava a tomar banho, e 3) a professora peruana era uma deprimida, tendo tirado a roupa depois da segunda taça de vinho e detestado quando Zora esmagou o bolo-tronco em sua cabeça, apesar de esta ter-lhe explicado que a brincadeira era uma tradição parisiense.

Neste ano, Fio e Zora decidiram passar a noite de Natal sozinhas, sob o perfume de um grande pinheiro.

Depois de visitar vários vendedores, encontraram um pinheiro que já estava perdendo as folhas agulhadas. Era algo cada vez mais raro, pois os fregueses queriam apenas as variedades de pinheiros com agulhas firmes. Zora e Fio achavam que a magia do Natal não seria completa sem aquelas agulhas sob o pinheiro, que se podiam juntar com as mãos e jogar na lareira. Não, não seria realmente Natal se não sentissem os pés sendo pinicados ao passar por cima das agulhinhas verdes daquela acupuntura da felicidade. E como era excitante encontrar, meses após o Natal, algumas agulhinhas debaixo do tapete ou dentro das páginas de um livro...

Ao passar diante de uma banca perto do metrô Pyrénées, Fio viu que os "funerais" de Abercombrie estavam na primeira página da maior parte dos jornais. As fotos do velho eram fluidas, tanto quanto a lembrança que ela guardava dele.

– Aonde vamos?

– Temos hora marcada no Ottaviani – diz Charles Folquet, com um sorriso de orgulho. Logo se aprumou, lembrando-se de com quem estava falando, e acrescentou: – Ottaviani, o costureiro. O famoso costureiro. O excessivamente famoso costureiro.

– Para quê?

– Ambrose queria que você tivesse as melhores coisas. Ottaviani é o melhor.

Fio balançou a cabeça. Observou suas próprias roupas e admitiu que a sua maneira de se vestir podia ser vista como negligente. Desde a infância modesta, mantinha total desinteresse, quando não desprezo, pela moda. Nunca tivera recursos para compor um guarda-roupa que combinasse com a sua personalidade, e aos poucos chegou à conclusão de que a sua personalidade era ser indiferente à própria ideia de guarda-roupa. Trajava um velho jeans preto, uma camisa grossa de algodão e um sapato de couro velho e puído. A única peça de valor que ela possuía era o velho paletó de tweed donegal verde que pertencera ao avô, o marido de Mamé, morto num campo de concentração. Mas esse paletó era grande demais, estava muito puído, e, se na época fora bonito e elegante, nada agora mostrava isso.

A butique de Ottaviani era vizinha de outras butiques de luxo. Duas grandes cortinas de veludo preto cobriam a vitrine. Ottaviani devia ser tão conhecido, que não precisava de placas, seu nome não estava escrito em nenhum lugar. Charles Folquet bateu à porta. Um mordomo a abriu e examinou o cartão de visita do rapaz, como se costuma fazer num clube privado. Convidou-os a entrar e a aguardar na sala. O interior também não parecia uma loja de roupas: nenhuma roupa em cabides nem manequins para expor os modelos, nenhum vendedor. Era um ambiente confortável, com suas poltronas de couro e sua mesa de centro coberta de jornais do dia. Esperaram dois minutos. Ottaviani apareceu correndo de braços abertos em sua direção.

– Charles! Charles e a princesa misteriosa!

Se alguém um dia quisesse criar um perfume chamado *Afabilidade*, bastaria recolher algumas gotas de suor de Ottaviani. Ele era jovial, delicado, charmoso. Um homem de estatura média que parecia composto essencialmente de mãos. Agitava-as em todas as direções com encanto, apertou as de Charles e de Fio várias vezes, tocou em seus ombros como se medisse suas larguras e as formas de seus corpos. Quando falava, seus longos dedos acompanhavam as suas palavras; quando ouvia, agarrava no ar as palavras, apalpava-as como se não pudesse confiar apenas em seus ouvidos. Trazia uma fita métrica em volta do pescoço e vestia uma roupa de jogador de críquete. Sentia muito prazer em recebê-los: adorava Charles Folquet, e, para demonstrá-lo, repetia isso inúmeras vezes. Comportava-se com Fio como se fossem amigos de longa data. Pediu que Charles Folquet aguardasse na sala. Ottaviani avançou com Fio para dentro da butique até um grande hall no meio do qual pendia um enorme lustre de cristal multicolorido.

Tudo aconteceu muito rapidamente. Fio guardou poucas lembranças, sua cabeça girava sem parar, Ottaviani corria para lá e para cá. A certa altura, Fio se assustou quando o costureiro, num gesto profissional, brandiu uma pequena faca perto de seu pescoço para cortar um fio que estava sobrando. Ottaviani era capaz de deixar tonto até mesmo um tornado sob efeito de anfetaminas. Quando voltou a si, ela descobriu, surpresa, a sua nova roupa, em uma moça ruiva no espelho. Não era ela.

– Divino! – disse Ottaviani. – Agora você é uma princesa de verdade.

– São roupas para festa? – perguntou Fio, timidamente.

– Se você quiser, para as festas do dia a dia. Cada dia é um coroamento, *sweetie*.

– É magnífico, mas... Não posso sair de casa e ir comprar pão deste jeito.

– Ah, não, não tem nada que comprar pão. Pão engorda, princesa.

Anos de sucesso e de elogios acumulados impediam o costureiro de perceber que Fio não estava nada à vontade. O mundo é que devia se adaptar a suas criações, não o contrário. Se os seus vestidos não eram práticos para pegar o metrô, a única coisa decente a fazer era fabricar um metrô mais adaptado a eles. Não lhe passaria pela cabeça a ideia de perguntar a Fio o que ela achava: assim como a gravidade atrai uma maçã para o chão, a jovem não podia fazer outra coisa senão adorar o seu trabalho.

– É a coisa mais perfeita do mundo – acrescentou ele, pensativo. Uma obra de arte numa artista. Maravilhoso, realmente maravilhoso.

Ninguém poderia dizer que estava errado: o vestido era magnífico, com certeza, e era isso o que explicava o mal-estar de Fio.

Ela não se sentia magnífica. Até então o seu corpo se acostumara apenas com roupas de série, grandes demais, ou pequenas demais, cortadas por máquinas. Por isso, um vestido sob medida não tinha como lhe cair bem. Não se reconhecia com aquele vestido, parecia ter sido raptada pelo tecido como uma prisioneira de guerra cuja personalidade se procurasse destruir. Ouvia um mundo estranho pulsando naquele tecido, um mundo sólido e poderoso, apesar da sua delicadeza.

Como Fio se envergonhava de dizer qualquer coisa que pudesse ferir alguém, procurou sorrir.

– Está ótimo – disse ela, com uma voz rouca e insegura. – Mas... o senhor não teria algumas roupas mais discretas e mais práticas?

Os olhos de Ottaviani brilhavam. Tinha experiência com celebridades. Ele sabia, sim, é claro, que ao fazer aquele vestido estava pensando apenas em si mesmo, queria que as pessoas vissem a sua obra, mas aquela jovem precisava também de alguma coisa para passar despercebida, caso contrário, desencadearia um tumulto cada vez que saísse de casa, os paparazzi a notariam de imediato. Sabia de tudo isso, e tinha uma resposta, uma resposta de alpaca misturada com caxemira preta, era discreta, um corte excepcional mas sutil, somente um amante da moda seria capaz de perceber que o responsável por aquilo só podia ser um grande artista. A grandeza dos gênios reside, às vezes, em saber se ocultar. Propôs-lhe então algumas roupas sublimes e simples que vestiriam o seu anonimato de forma deliciosa. Fio as aceitou com polidez, mas sem que se desfizesse o sentimento persistente de que aquelas roupas delicadas e caras pesavam como correntes, e de que, se não pagara nada para tê-las, lhe custavam, no entanto, muito, como se tivesse vendido alguma coisa íntima.

Provou roupas a tarde inteira. Ao final, Ottaviani lhe ofereceu chá, que ambos beberam acompanhado com doce de rosa. Fio e Charles Folquet saíram da butique com três sacolas de tecido branco com a letra O. Caminharam por alguns instantes pela Saville Row, sob o sol brilhante daquele inverno tímido; depois, voltaram a Paris. Fio levara um susto ao perceber que iriam para a Inglaterra. Charles Folquet não se dera ao trabalho de cientificá-la de que iriam para tão longe, pois, para ele, Londres não era um lugar distante. Fio nunca havia saído da França até aquele dia. Para ela, era uma viagem, enquanto, para Charles Folquet, apenas um deslocamento anódino: em seu mundo, o Central Park West sempre estaria milhares de quilômetros mais próximo do que Savigny-sur-Orge.

– Está no papo.

Antoine Bojarski pronunciou essas palavras com um sorriso no rosto, maravilhado diante do desafio. As apostas impossíveis é que sempre tinham sustentado o seu escritório, localizado no passeio do Horloge. Nesse caso, até que não seria tão difícil, apesar da ausência provisória de quadros e da impossibilidade de dispor de fotografias deles. A simples menção ao nome de Ambrose Abercombrie já provocaria interesse: aquela garota era a protegida do homem. Sua última descoberta. E alguns já murmuravam que se tratava da maior de todas.

Se Bojarski tinha algum talento para o trabalho de assessor de imprensa e consultor de comunicação, isso se devia à sua sensibilidade, mais especificamente à sua sensibilidade para com o cinismo reinante. Assim, sabia que a morte de Abercombrie era um excelente trunfo. O simples falecimento já serviria para criar um movimento extremamente favorável, mas a encenação de seu enterro fora um golpe de mestre. Com o espetáculo, conseguira fazer com que o acontecimento fosse bem além das fronteiras do mundo da arte e dos meios intelectuais. Conseguiu reportagens nos noticiários da televisão. Chegou a todo o mundo, tanto pela imprensa séria quanto pela popular. O funeral de Abercombrie se tornaria um culto, em Hollywood já se falava até no projeto de um filme sobre a sua vida.

Bojarski olhou para o quadro vazio sobre a sua mesa. Chamava-o de quadro de lemas. Não conseguira definir um lema geral que o identificasse, pois as situações eram muito diversas, não se satisfaziam com um único comando. Observou o quadro vazio por alguns instantes e imprimiu em sua mente o lema do momento: "Tirar vantagem da adversidade." A ausência cria o desejo. O mistério fascina. No caso, o mistério fascinava a ele próprio. Aquela jovem ruiva, tão anônima, tão distante de como se imagina serem os artistas, tão introvertida... Era assim a nova revelação. Ela sairia ganhando em não aparecer muito em público e não falando aos jornalistas, ao menos no começo. A ausência destila o mistério, e aquele ou aquela que souber usá-lo poderá, com isso, cobrir-se das maiores qualidades. Ele tentara saber o que os quadros traziam. A jovem respondera vagamente: retratos de pessoas passeando no Buttes-Chaumont. Mas as pinturas são figurativas ou não? Um pouco das duas coisas, respondeu ela, depende de como está o céu. Na verdade, ela não sabia muito bem, e não parecia se preocupar com isso.

Ele bem que gostaria de ser mais direto.

"Há flores? Porque, se há flores, podíamos falar com *Maisons et Jardins*. Se é sexo, teríamos todas as revistas *in*. E, se trabalharmos bem, podemos conseguir também os jornais conservadores, que falarão deles para criticar. Você teve uma infância infeliz? Sim? Ah, isso é maravilhoso! A imprensa e o público adoram isso."

As coisas aconteceriam exatamente assim, mas ele não podia falar tão francamente. Exercia uma profissão que não lhe dava outra alternativa senão entre a hipocrisia e o cinismo, e os dois frequentemente se misturavam. Mas, para os clientes, mantinha as aparências, sobretudo quando se tratava de artistas que faziam cara de quem despreza os métodos que, apesar de tudo, garantem o seu sucesso.

As notícias eram boas. Charles Folquet fizera um excelente trabalho de relações públicas: a maioria dos textos sobre a morte de Abercombrie dedicava a Fio Régale um espaço tanto maior quanto menor fosse a informação de que dispunham os jornalistas a respeito dela. Bastavam os rumores sobre sua genialidade. Para que a onda não baixasse, ele pedia a Charles Folquet que anunciasse o quanto antes a data da exposição, marcada para o primeiro dia da primavera. Tinham três meses para fazer a cabeça de todo o mundo. Pouco importava se ao final as obras de Fio Régale satisfariam ou não as expectativas. Todos falariam dela, e os colecionadores as disputariam a tapa. Os partidários e amigos de Abercombrie, que eram muitos na mídia, a incensariam; seus adversários a atacariam, qualquer que fosse o valor de suas telas.

Graças à notoriedade de Abercombrie, a campanha seria internacional. Bojarski tremia de prazer. Abriu uma gaveta de sua mesa e deu uma espiada em sua carteira do clube de golfe de Natav. Tinha um jogo naquela tarde, jogo que ele certamente perderia, tamanha a sua agitação. Quase desistiu de ir. Pegou a sua bola de golfe fetiche de guta-percha pura, uma verdadeira relíquia, e pôs-se a jogá-la de uma mão para a outra. Ele perderia com prazer.

Fio Régale e Charles Folquet tinham chegado meia hora antes do combinado. Bojarski convidou-os a se sentar nas poltronas desconfortáveis, na frente de sua mesa. Tivera o cuidado de escolher poltronas em que as pessoas se afundavam, totalmente antiergonômicas. Um truque antigo. Seus interlocutores não deviam se sentir muito à vontade, ele é que tinha de controlar a conversa, parecendo, assim, mais alerta e mais ativo. Percebera que os clientes, quando apressados para sair, revelavam com muito mais facilidade as suas intenções e seus pequenos segredos. Esse desconforto os mantinha em pé de guerra; ele não podia permitir que se embalassem nos movimentos suaves de um couro agradável. A jovem não disse uma única palavra. Aliás, o que ela poderia dizer? Ele gostou dessa atitude circunspecta e discreta. Não era do tipo de artista ávido; não entendia o motivo de sua presença ali, e, mais do que isso, não conseguia entender o que um consultor de comunicação tinha a ver com tudo aquilo. Apenas observava. Observava o cenário chique de seu escritório. Perguntou quanto ele pagava de aluguel e sorriu estupefata diante da resposta. Seus olhos prenderam-se durante bastante tempo nos troféus de caça presos nas paredes. Ele percebeu nesse olhar uma grande tristeza, e não a reprovação que costumava captar nos olhares de suas visitas habituais. Embaraçou-o a melancolia da jovem ao encarar a cabeça do rinoceronte que ele matara na Tanzânia no último verão.

Ela não fazia, sem dúvida, a menor ideia do que estava acontecendo ali. Bojarski sabia que eles venceriam a batalha da celebridade e do reconhecimento, mas não conseguia deixar de considerar que, como em toda guerra, haveria vítimas. Mas não é algo tão grave. Mesmo que a arte tivesse se tornado uma religião para todos esses ateus grã-finos dos bairros chiques, trata-se de uma religião pacífica, que, se faz reinar o terror, é apenas um terror de papel. Não há genocídios cometidos em nome de Deus, torturas, nenhum massacre de São Bartolomeu, nada de povos ou raças escravizados em nome de seus mandamentos. Há, no máximo, algumas cirroses e algumas overdoses, um monte de depressões, vidas estragadas pelo amargor e pela injustiça, vários suicídios, mas nada realmente grave. Nada disso tem muita importância, senhorita Régale, pensava ele. Sabia que muitos entre os artistas e os seus vassalos lamentavam isso, pois queriam que suas belas palavras afetassem a realidade e provocassem enchentes. Mas não, elas não passavam de espuma, não eram mais que uma brisa perdida em meio à tormenta.

Era a primeira vez que se encontrava com Charles Folquet. Acompanhara com um interesse admirativo a ascensão do jovem no meio artístico e na mídia. Desconhecido até cinco anos atrás, era agora uma celebridade cujo brilho ia além da notoriedade dos salões parisienses. Conhecia-o até quem não sabia o que ele fazia. E isso era sinal de fama. Mais um lema para o seu quadro de lemas. Charles Folquet era um jovem pintor recém-saído da Escola de Belas-Artes que começara frequentando a noite, as boates da moda, e criara, por brincadeira e por provocação, uns vinte movimentos artísticos. Sua foto aparecera nos jornais, interessados naquele artista energúmeno e esquisito. E, como ele carregava nos braços algumas estrelas e cabeças coroadas, as pessoas começaram a achar que era famoso. Ofereceram-lhe uma coluna numa grande revista de arte. Foi Ambrose Abercombrie quem, quatro anos atrás, lhe proporcionara a sua primeira exposição, revelando-o, assim, como um dos grandes nomes da nova geração de artistas. Desde então, Charles Folquet subiu ainda mais degraus: apresentava um programa semanal na televisão, no qual falava sobre arte com humor e paixão. Se a sua ascensão fora rápida, se contara com a força de apoios poderosos, nada disso fora planejado por ele, que não pedira favores. Visto à distância, e aos olhos dos invejosos, Charles Folquet tinha tudo para ser considerado um arrivista. Sofria dessa reputação. Mas ele não correra atrás de sua posição privilegiada: se tudo dava certo, era porque a realidade fora arrivista em lugar dele. Honestidade era uma qualidade que ninguém podia negar que ele tivesse, mas Charles Folquet nunca usava sua sinceridade como pretexto para ferir os outros proclamando as suas próprias verdades. Dessa forma, e isso era de notar, não hesitava em criticar as obras de seus amigos e em incensar as de artistas que o desdenhavam. Tinha uma quantidade enorme de amigos, cuja principal qualidade era que a maior parte deles não se suportava.

– Você deveria usar óculos de sol – disse Bojarski a Fio ao abrir a porta para que eles se fossem.

– Para parecer uma estrela? – perguntou Fio com uma malícia cansada.

– Não, você não precisa parecer uma estrela: você já é uma. Mas vai perceber que a partir de agora o sol brilhará mais forte.

Fechou a porta e postou-se junto à janela para observar a partida de seus visitantes. Sim, o sol brilhará mais forte, ela mesma cintilará como uma estrela. Precisará se proteger da própria luz, pois, de agora em diante, ela se refletirá nos olhos daqueles que a adularão. E essa é uma luz que consome muito. Uma estrela não brilha, mas queima. Eis uma realidade física da qual todos se esquecem. Por trás da beleza atraente, há algo em plena fusão. O ser humano é um animal fototrópico. Se não tomar cuidado, ela poderá se ver como um lençol branco iluminado por uma lanterna à noite em pleno campo, coberto de insetos esfomeados.

Ambrose Abercombrie morrera fazia uma semana, e os jornais continuavam a divulgar coisas sobre o grande homem. Isso ainda não havia sido publicado, mas já circulavam rumores sobre a sua misteriosa descoberta. Preparando-se para receber a visita de Fio Régale, Bojarski esticara bem os ouvidos e ficara alegremente surpreso ao constatar que se falava bastante nela. Várias lendas circulavam a seu respeito. Dizia-se que ela era um nome tomado de empréstimo por um grande artista que retomava a carreira sob pseudônimo. Outro rumor, bastante promissor, afirmava que Fio Régale era uma filha fora do casamento de um ex-presidente da República. Uma variação deste rumor era que ela era filha do próprio Abercombrie. Como bom rato de coquetéis que era, Charles Folquet estava sem dúvida a par desses rumores, tendo talvez até criado alguns deles. Bojarski não julgara necessário informar Fio sobre a existência desses boatos. Isso a inquietaria, e, afinal de contas, tudo não passava da inevitável poluição que sempre surgia de qualquer mistério. Sim, é óbvio que todos se perguntavam por que Abercombrie escondera a sua existência durante tantos anos.

Certamente havia alguma razão, e, como Abercombrie era uma figura muito forte, essa razão devia ser muito forte.

Tudo isso iria desaparecer assim que descobrissem aquela jovem tão simples, uma esfinge sem segredos. Logicamente, não acreditariam na sua simplicidade. Iriam atrás de algum outro mistério e a cobririam com bugigangas chamativas. O que ele poderia fazer? Assim caminha a humanidade.

Bojarski pegou um niblick na vitrine onde guardava seu material de golfe. Colocou-se em posição e deu uma tacada imaginária. Um swing perfeito. Sim, a arte é um belo fairway. Pode ser preciso mudar de taco, conforme a situação, mas o número 8 é o mais apropriado para esse terreno escarpado. Ele não comparava a arte ao golfe, mas o contrário, que lhe parecia mais pertinente. Para ser mais claro, a atitude dos artistas assemelhava-se perfeitamente à dos jogadores de golfe no gramado. Tinha lido uma enquete no *Saint-Andrews Globe* segundo a qual 80% dos jogadores de golfe confessavam que empurravam a bola com o pé ou esqueciam alguns golpes, ou seja, trapaceavam. No entanto, todos se diziam honestos no jogo e repudiavam os trapaceadores. A arte era isto: seres encantadores que detestam os favorecimentos pessoais e o nepotismo, os golpes baixos, rejeitam as relações profissionais incestuosas entre artistas, críticos, marchands e políticos, mas empurram a bola com o pé para que ela caia no buraco e mandam as dos adversários para o meio do mato. Sim, incontestavelmente, o taco número 8 era o mais apropriado para o mundo da arte. A não ser que se preferisse usar o de beisebol.

— Você está maravilhosa, querida.

Zora tragou do cigarro observando Fio com seu novo vestido com uma atenção incisiva. Depois, acrescentou friamente:

– Não combina em nada com você.

Caíram na gargalhada. Fio tentara desfilar como uma modelo esquelética de um metro e oitenta e cinco. Não foi um grande sucesso; várias vezes chegou quase a cair. Decidiu doar o vestido ao Secours populaire. Por outro lado, as roupas pretas genéricas criadas por Ottaviani agradaram a Zora. Fio ficará com estas, então, guardando-as para ocasiões especiais.

Apesar dos quatro tijolos que emolduravam e sustentavam o seu pé, o pinheiro estava inclinado. As duas haviam tido uma longa discussão sobre se deviam ou não decorá-lo com guirlandas e bolas coloridas. Ao final, a moção proposta por Fio foi vitoriosa, por dois votos a zero: a árvore não seria fantasiada. Já havia agulhas se acumulando no chão.

Para a ceia de Natal, optaram por um Gänsläwerterrine, uma torta de galinha e fígado de ganso com trufas, seguida de um Ganzeltopf, cuja composição elas não conheciam bem (o homem da rotisserie tinha um forte sotaque cantonês). Tinham também comprado uma sobremesa, encantadas com o seu nome: uma "Marjolaine do papai".* E, como uma sobremesa só nunca é o bastante, concluiriam com um Kouglof** morno com cereja, sorvete de

---

* O doce Marjolaine é normalmente um bolo de massa clara com várias camadas e cobertura de chocolate. (N. do T.)

** Bolo em forma de coroa ou anel, entremeado de amêndoas e passas e salpicado de açúcar. (N. do T.)

canela e aguardente de cereja. A ceia foi tranquila. Um Tokay Pinot Gris colheita tardia de 1992, um Riesling 1993 e dois Partagas *shorts* não foram suficientes para atingir o nível de nocividade de uma Noite Tóxica. Foi uma noite calma e gostosa, durante a qual Zora descobriu que um cigarro fumado com a mão esquerda é nitidamente menos saboroso que um cigarro fumado com a mão direita. Fio presenteou Zora com uma piteira, e Zora lhe deu óculos de sol. Viram o sol nascer do telhado do prédio, sob uma fonte projetada pelo canhão de neve, e reinventaram o mundo introduzindo nele uma espécie de pássaro com asas de estampa xadrez, pois isso fazia falta, e puseram também um chapéu na Terra para que ela ficasse mais charmosa.

Para o Natal, Charles Folquet certamente tinha ingerido uma nova dose de sua aptidão para as boas maneiras combinadas com algum embaraço. Bateu à porta do apartamento de Fio, portanto, tentando dar aos seus toques com o indicador no metal um ritmo agradável.

– Muito legal, essas guimbas de cigarro esmagadas nos degraus da escadaria. Muito legal.

Fio olhou para o jovem todo arrumado durante alguns instantes, o tempo suficiente para se recompor. Não tinha bebido muito, mas a combinação da comida pesada com a neve a deixara baqueada. Uma aspirina não lhe faria nada mal.

– Feliz Natal – disse Fio.

– Feliz Natal. Eu... bem, tome.

Ele tirou das costas um buquê de flores; algumas pétalas se soltaram e caíram no chão. As flores não eram vermelhas, ele tomara bastante cuidado para não comprar flores que pudessem fazer acreditar que estivesse apaixonado pela jovem. O encanto natural, somado à sua celebridade, tornava-o irresistível. No entanto, apesar de gozar da fama de *donjuán*, não se aproveitava disso: vivia uma bela história de amor com uma amiga de infância, era fiel, mas preferia morrer a admiti-lo. Usava suas opiniões como roupas, e importava-se sobretudo com que combinassem com seu cabelo e a cor da camisa. Consequentemente, a monogamia sinalizaria uma falta de gosto. Em sua coluna, falava frequentemente de sexo, e muitos viam nele um especialista no assunto. Gostaria de ser especialista em outra coisa, mas o sexo estava na moda, não era culpa dele, e, como um de seus amigos havia morrido de overdose, ele não queria falar de drogas, o outro grande tema do momento. Sua reputação cresceu ainda mais depois que passou a organizar algumas orgias beneficentes – o conceito foi invenção sua. O valor proveniente dessas noitadas, com a venda de camisinhas, bebidas, vibradores e outros apetrechos, era revertida para instituições de caridade. A última orgia de caridade possibilitara a construção de um hospital no Afeganistão, além do envio, para o mesmo país, de toneladas de alimentos e livros. Graças a alguns decilitros de esperma e a uma montanha de orgasmos, pessoas pobres poderiam mitigar a sua fome, aprender a ler e cuidar da saúde.

Ele tinha um papel a assumir diante de Fio Régale, uma tarefa que lhe foi confiada por Ambrose Abercombrie. Se ela se apaixonasse por ele, as coisas ficariam complicadas. Nas conversas com ela, várias vezes mencionou a noiva, para evitar qualquer ambiguidade.

– Obrigada. Sinto muito, mas eu não tenho nenhum presente...

– O fato de poder tê-la conhecido é o meu maior presente.

Era a pura verdade, mas Charles Folquet se deu conta de que tinha exagerado. Ela merecia mais elogios e bajulações do que qualquer outra pessoa, mas ele devia poupá-la de suas manifestações excessivamente esmagadoras de admiração. Sua missão devia estar sempre à frente de seus sentimentos. Precisava ser a pessoa com quem Fio Régale sempre poderia contar, alguém que estaria sempre com a mente lúcida, racional. Em uma palavra: profissional. Amigavelmente profissional. A pressão sobre Fio seria tão forte, que ele devia se apresentar sempre como um baluarte, uma muleta, alguém que não se deixa levar pelos acontecimentos. Seu distanciamento o aproximaria da jovem artista, como se fossem iguais. Além disso, como executor testamentário, ele carregava consigo os últimos desejos de Ambrose Abercombrie. Era algo mais do que apenas ele próprio.

– Poderíamos fazer uma exposição, ou um vídeo – disse Charles Folquet, apontando para a enorme quantidade de guimbas. Tem um lado...

– É a minha vizinha. Ela detesta fazer faxina ou pagar a alguém para fazer por ela.

– Poderia conhecê-la?

– Se quiser... Mas corre o risco de ela detestá-lo. Não a leve a mal: Zora detesta todo mundo.

– Vi o nome dela lá embaixo. É Zora Marprelate, a modelo?

– Nem fale nisso com ela. Pode acabar mal.

– Em qual andar ela mora?

– Em todos.

Convidou-o a entrar. Charles Folquet não deixava transparecer, mas estava pasmo. Não falaria sobre Fio Régale em seu diário íntimo. Dedicaria um livro inteiro a ela, e o intitularia *A vida de Fio Régale escrita por outro*, em referência à autobiografia de Cellini, um de seus livros preferidos. Estava convencido de que os passos futuros, ali, lhe reservavam lances apaixonantes.

Em certos momentos, nas ressacas que se sucediam a noitadas excessivamente bem regadas, quando se via sozinho em sua confortável poltrona, um pouco de vômito num canto da boca, pensamentos negativos se abatiam sobre a sua mente normalmente tão borbulhante. Tinha, então, a sensação de viver apenas para contar a história, sem tomar parte nela. Seu trabalho como colunista mundano lhe trouxera mais fama do que as suas obras, que se beneficiaram, por tabela, de sua exposição midiática. Gostavam de seus quadros porque ele aparecia na televisão, porque era muito engraçado, muito brilhante. Mas, na verdade, a história da arte não lhe dava a menor bola. Costumava sempre registrar as contendas e seus heróis, mas ninguém o poria no nível de uma Fio Régale. Aqueles que lhe atribuíam grande capacidade de influência e grande poder ignoravam o pequeno valor de seu cetro. O rosto sendo visto por toda parte, seu nome sendo mencionado por todos os lados, nada disso tinha valor, pois, quando morresse, seu corpo ficaria estendido num caixão como qualquer outro. Podia batalhar para convencer a todos do valor de suas obras, receber elogios generalizados, e, no final, nada disso representar alguma coisa. Enquanto isso, alguns outros, que nada pedem e que executam o seu trabalho de artista sem o desejo de contar para alguma coisa nos próximos séculos, estes terão tudo. Era muito injusto.

O apartamento de Fio não estava mais arrumado do que na visita anterior. Livros se espalhavam pelo chão, várias xícaras de chá se acumulavam em cima do televisor, nas prateleiras de livros, sobre a mesa, e mesmo no chão. Charles Folquet deu uma olhada na biblioteca e descobriu os únicos livros de arte da jovem artista: *História da arte*, de Élie Faure, *O olhar dos Quatrocentos*, de Baxandall, um da Taschen sobre Whistler e uma coletânea de desenhos de Sempé. Boas escolhas, mas muito pouco. Uma vela com aroma de mel queimava sobre a mesinha de centro. Fio ofereceu uma cadeira para Charles Folquet, enquanto ela mesma se sentava de pernas cruzadas no sofá. As flores descansavam ao lado dela, gotejando sobre o tecido vermelho. Um comprimido efervescente de aspirina borbulhava no copo d'água que Fio segurava com as duas mãos.

– Eu me informei. Você é uma celebridade.

Ela havia digitado o nome de Charles Folquet no programa de busca do computador de Zora e, surpresa, descobrira que o rapaz que a conduzia, como um Virgílio particular, era famoso. Não ficara impressionada, mas apenas um pouco confusa com o fato de uma pessoa tão conhecida lhe dar tamanha atenção. Imaginava que ele se decepcionaria.

– Desculpe, mas eu não sabia.

Seu dedo indicador enrolou-se em torno de uma mecha de cabelo ruivo na testa. Tinha falado do mesmo jeito triste com que teria se dirigido a ele se descobrisse que ele sofria de câncer em estágio terminal. Isso fez Charles Folquet se sentir desconfortável. Aqueles que não o conheciam e que de repente ficavam sabendo de sua fama tinham um comportamento completamente diferente. A admiração saltava-lhes aos olhos, sobretudo, pensava ele com amargor, quando ignoravam o motivo de sua notoriedade. Essa reação, no começo, o irritava, mas depois, como seu espírito não aguentava abrigar pensamentos negativos por muito tempo, se habituou a se sentir adulado. Decididamente, aquela garota o desconcertava. Mas era também algo refrescante, pois em suas palavras, que teriam deixado envergonhado quem quer que fosse mais vaidoso do que ele, não havia nunca o menor traço de maldade. Apenas um toque de traquinagem.

– Não tem importância – disse Charles Folquet, modesto. – A fama não significa nada. Há tantas pessoas célebres...

– Você é pintor. Um pintor importante. Será que um dia eu poderia ver os seus quadros?

– É claro, eu ficaria muito honrado.

– Não precisa exagerar. Você tem muito mais experiência do que eu.

– Mas menos talento.

– Isso eu não sei. Acho que está enganado ao meu respeito: não conheço muita coisa de pintura. Pinto por prazer, só isso.

Se algumas das minhas telas vão bem, ou são boas, não sei bem como dizer, não foi de propósito.

Eis uma boa definição para a palavra gênio, pensou Charles Folquet. Sentia-se feliz ao descobrir que ela se mantinha cética quanto ao valor artístico de seus quadros. Continuava humilde, mas não com uma humildade calculada, que espera receber mais bajulação; uma humildade cheia de perplexidade. Sob a aparência frágil, ela guardava uma personalidade forte, que não aceitaria as coisas muito facilmente. Fio Régale pertencia ao pequeno número das pessoas que resistem aos elogios.

Fio se levantou e ofereceu uma xícara de chá. Charles Folquet aceitou, mais por não saber o que dizer do que por alguma vontade verdadeira. Quando estava na presença dela, ele refletia sobre como agir, justo ele, que normalmente se sentia à vontade em todas as situações. Seu próprio comportamento lhe escapava do controle: ele era mais conhecido, mais velho, mas sabia que ela era uma artista mais importante do que ele jamais chegaria a ser, e era isso o que contava, nada mais do que essa verdade ardente e ácida. Consequentemente, ele se comportava com deferência em relação à jovem, uma deferência contida, mas que, no entanto, determinava os seus gestos e seus cuidados protetores. Ele era o seu cavaleiro serviçal, e daria a própria vida para salvar a dela.

– Há uma pessoa que quer conhecê-la. Chama-se Guérinet Escriban. É um...

– Um pintor – disse Fio, reaparecendo com duas xícaras nas mãos. – Um pintor. Um pouco menos famoso que você, mas já li alguns artigos sobre ele e algumas entrevistas. Espero que você não seja uma dessas pessoas rústicas que põem açúcar no chá.

Guérinet Escriban não acreditava em Deus, mas sempre acreditara no seu destino de artista maior. Parecia-se exatamente com aquilo que as pessoas menos providas de senso de observação podiam imaginar. Assim como os exercícios de matemática são fáceis de fazer, ele era fácil de ver: bem grande, um belo edifício de quatro andares com duas janelas providas de venezianas batendo ao vento. O telhado de zinco era bem-acabado, assim como o térreo; um tapete vermelho se estendia desde a entrada, cobrindo também as escadas; a fachada fora pintada de preto muitos anos antes e hoje exibia o encanto das coisas desbotadas.

Sempre se sentira uma pessoa desfavorecida pelo fato de o destino ter-lhe dado de tudo. Seus pais eram pequenos intelectuais bem de vida, a quem jamais perdoara por ter tido uma infância feliz e sem preocupações. Apesar de uma vontade obstinada, nunca conseguira se transformar num entojo; o risco de fazer estudos brilhantes numa grande escola e ocupar um lugar de destaque na sociedade que ele abominava o deixara aterrorizado.

A arte era o único meio de que dispunha para lidar com essa maldição. Durante anos, conseguira se manter conhecido apenas nos círculos mais obscuros da arte de vanguarda, mas agora essa danação, tão desejada, adquirira uma forma difusa de entesouramento: ele fazia sucesso nesta época ímpia.

Soubera criar a ilusão, a começar por si próprio, de que representava a modernidade e a vanguarda mais avançada; não trazia nada de novo, mas dizia isso com palavras novas, inventadas na usina de seu cérebro. Na maior parte do tempo, não o compreendiam, mas havia tantos exemplos de artistas incompreendidos e que depois da morte se revelaram geniais, que agora se desconfiava disso. Afinal de contas, ele não estava muito longe de ser incompreendido: ele era simplesmente incompreensível. Se não usava nenhuma roupa de grife, como bom opositor do primado das grandes empresas, seu pensamento e suas paixões, em contrapartida, eram grandes grifes: Nietzsche era a sua *trademark* predileta, e ele não perdia nenhuma oportunidade de citá-lo.

O momento via florescer uma moda talvez nova: o artista vivia como um órfão, adotando por isso, à força, alguns gênios para serem seus pais. Nesse quadro, Guérinet Escriban era um habilidoso profanador de túmulos, De Kooning, Rimbaud e Basquiat, sem que tivessem condições de se pronunciar a respeito, pertenciam à sua árvore genealógica.

Sua assinatura enrubescia as faces dos membros das redações das revistas mais prestigiosas, como *L'Estomac* ou *L'Absolu*. Os leitores obtinham acesso ao incognoscível e ao indizível de modo bastante lógico graças aos seus artigos incompreensíveis.

Heroicamente, Guérinet Escriban provocava a fúria dos jornais conservadores; heroicamente, ultrajava as organizações das senhoras católicas. Para seu enorme desespero, nunca ganhou de presente um processo ou uma censura, o que manchava a sua reputação de rebelde. Desprezava a mídia, recusava-se a aparecer na televisão. Mas, na verdade, não precisava disso: seus influentes amigos não tinham o mesmo *parti pris*, e o defendiam e o incensavam em toda parte. Apesar de seu ateísmo declarado e de suas diatribes contra a rigidez sexual, pronunciava-se provocativamente e de modo enfático: o espectador não deveria experimentar o prazer, necessariamente fácil, mas sim aceder à alta dificuldade da transubstanciação artística.

Quando Fio o viu pela primeira vez em seu apartamento no número 66 da rua dos Orteaux, pensou consigo mesma que ele era aquele tipo de pessoa que, ao ser vista pela primeira vez, já se sabe que é artista. Possuía a languidez daqueles que sua arte fazem sofrer; o que ele pensava do mundo, dos homens e das mulheres fazia-o mergulhar no desespero. Não lamentava isso: combinava com a sua tez pálida e era bom para as suas obras.

O uniforme dos policiais é azul, o dos militares é verde. Guérinet Escriban vestia a não cor dos artistas: o preto. Não estava entre aqueles que ignoram o porquê das coisas. Diplomado em psicanálise, nunca deixa de se autoanalisar, e buscava sempre compreender as razões de suas escolhas, sobretudo as que parecessem mais naturais. No começo, nas camadas mais superficiais de sua reflexão, concluíra que, se usava sempre roupas pretas, era antes de mais nada por uma razão prática: não precisava se questionar todas as manhãs quanto à escolha do traje. Essa explicação durou pouco, pois todas as manhãs ele passava uma boa meia hora diante do espelho compondo o seu tipo com diferentes matizes de preto das suas roupas. Além disso, o pretexto da comodidade é uma máscara bastante evidente, que esconde a real motivação dos atos. E, para Guérinet Escriban, não havia nenhum comportamento ou pensamento que não merecessem passar pelo esquadrinhamento de sua mente. Não, definitivamente, a decepcionante funcionalidade não dava àquela escolha tão íntima o brilho suficiente. Admitia todas as verdades sobre si próprio, todas elas, mesmo que abalassem o seu perfil de artista livre, mesmo que ferissem o seu orgulho, mas com uma única condição: que possuíssem alguma grandeza. A verdade não podia ser prosaica, não podia, em nenhum caso, reduzi-lo a um indivíduo padronizado. A resposta, então, era bela e óbvia: ele se vestia de preto porque havia perdido alguma coisa. O artista é um ser de luto permanente. De luto pelas milhares de pessoas que morrem todos os dias por motivo de doença, por causa da guerra e da pobreza? Não; o artista não é um humanista. Não tem nada que ficar fazendo lamentações generosas. É mais garantido que bons sentimentos matam a arte do que um tigre decidir comer um porquinho paraplégico. De luto por si próprio, já que o homem morre um pouco a cada dia? Que ideia banal! Não, a sua motivação tinha de ser original, forjada sob medida nos altos fornos de sua consciência. Se Guérinet Escriban se vestia de preto, era devido a um luto muito mais relevante: o artista está de luto por seu relacionamento ingênuo com o mundo e com os outros. Aquele preto significava que a noite infinita do caos envolvia todo o cotidiano execrável. É bem verdade, também, que ele se achava bastante sexy vestido assim: tinha uma bela aparência romântica, reforçada pelos cabelos penteados de modo a parecer terem sido despenteados por um vento esteta e apaixonado.

A informação ainda era confidencial (o que significa que todos os seus amigos estavam a par, assim como a moça da padaria e quase toda a imprensa, com exceção do correspondente do *Quotidien du Médecin* no Tibete), mas naquele verão ele faria o papel principal no novo filme de um diretor que havia conquistado alguma celebridade conseguindo manter-se desconhecido. Seus filmes, difíceis e violentos, mas impregnados de verdades profundas, eram apreciados por muitos críticos, e durante anos ele soubera resistir ao canto da sereia do cinema popular. Continuava, portanto, a produzir quilômetros de películas de filmes comerciais destinados aos intelectuais. O papel de Guérinet Escriban lhe caía à perfeição: ele faria um jovem sempre vestido de preto, descabelado, que não suporta o mundo, nem as pessoas.

Depois de lançar um olhar misterioso por cima dos ombros de Fio, como se quisesse se assegurar de que ninguém a tivesse seguido, convidou-a a entrar no apartamento.

A decoração espartana dava uma ideia do despojamento necessário à criação. Ele não suportaria a presença de um rádio, de um televisor ou de uma torradeira. O mundo social era impiedosamente filtrado pelo seu coador moral. Dezenas de quadros se espalhavam apoiados nas paredes, alguns inacabados, outros não, mas, para Guérinet Escriban, nada na arte se acabava: retomando o título de um de seus artigos, um grande quadro é sempre uma realização inacabada do inconcluso. Alguns recortes de jornal estavam colados nas paredes, com frases destacadas com círculos traçados com batom. Pequeno, mal localizado, no limite do insalubre, o apartamento não se compatibilizava com a real situação de sua renda: ele tinha recursos para ser pobre, e não renunciaria a esse privilégio por nada neste mundo. Para fazer crer que era um desfavorecido, falava mal dos burgueses.

Até o dia em que os naturalistas anunciem que os pássaros possuem consciência, podemos dizer que os pássaros não sabem que voam. Seguindo essa mesma lógica, Guérinet Escriban não conhecia os seus defeitos. Dedicava-se com um esforço saudável a não vê-los, ignorava energicamente as suas taras, seus traços de caráter menos nobres e mais exasperantes. E isso com razão, pois o pássaro que percebe que voa corre o risco de parar de bater as asas. Seus defeitos realçavam a sua personalidade, eram as suas asas majestosas, e tornavam suportáveis as suas inúmeras qualidades. Entre elas, a mais conhecida e louvada era o seu amor pelo vinho e pelos cigarros sem filtro. Devia à educação clássica transmitida por seus pais o fato de ser extremamente tolerante, razão pela qual perdoava a todos os que gostavam dele, antes de mais nada por gostarem dele.

– Somos contrabandistas do sentido.

Era uma pegadinha que ele usava para testar os seus interlocutores: lançar no ar uma frase enigmática e observar a reação. Fio olhou-o surpresa inclinando a cabeça para a direita; parecia não ter entendido. Ele não sabia o que deduzir, mas era quase sempre assim. Que pena! Teria tantas coisas a dizer sobre isso, ou, melhor ainda, a citar: "Somos contrabandistas do sentido" era o título de um de seus artigos.

– Quer um café? – retomou ele, de modo mais simples.

– Não, obrigada. Não gosto de café. Não tem chá?

– Não. Minha mãe gostava de chá – disse ele, como se isso fosse uma explicação.

– Desculpe, mas não entendi bem o que você me disse quando entrei. Estava olhando os quadros.

– Nada importante. E então, o que você acha?

Fio circulou pelo apartamento, inclinou-se diante de várias telas, sem que seu rosto deixasse entrever aquilo que pensava. Guérinet trouxe duas xícaras de café e colocou-as sobre uma folha de jornal no próprio chão. Estranhos objetos, muitos dos quais ganhadores de prêmios, estavam presos nas paredes, e uma espécie de móbile pendia do teto rangendo.

– Não sei.

– Olhe, pode ser bem franca comigo.

– Tudo bem, mas não sei o que pensar. É esquisito.

– Tem razão: tudo isso é ridículo.

– Eu não disse...

– Sim, pode acreditar, concordo com você. Estamos aqui como açougueiros conversando sobre contrafilés. Não aguento mais esses debates intermináveis. Às vezes, às vezes, acho que a principal preocupação do meio artístico é se voltar para o próprio umbigo. Seu café vai esfriar.

Para não embaraçá-lo lembrando que ela havia dito que não queria café, Fio tomou um pequeno gole escondendo o seu dissabor. O rapaz devia usar drogas; não conseguia encontrar outra explicação. Escriban não dava tempo aos seus interlocutores para concluírem as suas frases: era viciado em compreendê-las intuitivamente. Dessa forma, seus amigos começavam frases que não eram construídas para chegar ao final, pois estavam acostumados a que o destino delas fosse cortado para se transformar apenas no gancho para o discurso do próprio Escriban. Como este gozava de grande prestígio intelectual e de um belo sorriso, os amigos acabavam descobrindo, estupefatos, que estavam de acordo com ele, e que ele expressava bem melhor do que eles próprios aquilo que gostariam de ser capazes de formular. Quanto a saber se Escriban se iludia com esse dom, isso não tinha importância, pois a ilusão valia para os dois lados.

– O que é arte, para você?

– Não sei.

– Justamente! A gente não sabe. Então, por que ficar papagueando o tempo todo? Um dia, quando estava no banho, entendi o que é a arte. Mas essa inspiração sobre a verdade das coisas não pode surgir no meio de um coquetel ou diante de um jornalista. Até agora continuo buscando isso que eu entendi naquele momento.

– Você deveria tentar de novo.

– Sim, é claro. Tentar de novo o quê?

– Tomar um banho.

Guérinet esmagou o cigarro e acendeu outro. Menina engraçada, essa Fio Régale. Muito hábil: contornava tudo o que pudesse ser sério, e assim evitava dar uma opinião e tomar posição. Certamente lera Gracian. Mas ele não se deixaria engabelar por essa estratégia de ausência de julgamento. A ingenuidade é uma arma dos mais hábeis e, portanto, dos mais perigosos. Decidiu abordar um tema menos polêmico.

– Antes dessas coisas, você estudou?

– Faço mestrado em direito.

– Você tinha alguma ideia do que queria fazer?

– Queria uma profissão que se harmonizasse.

– Que se harmonizasse? Você quer dizer uma profissão que se harmonizasse com algum sentido?

– Não, uma profissão que se harmonizasse com alguma coisa.

– Com o quê?

– Não sei.

– Poderia ser advogada ou juíza. Defender ou julgar. Esta é a grande questão da arte. Mas você não irá continuar os seus estudos.

– Você acha?

Ele estava convencido disso. A sociedade inveja a arte, é seu inimigo íntimo, disse ele, não perdoa o fato de lhe roubar os seus melhores elementos. E anunciou-lhe que o turbilhão pelo qual ela estava começando a ser levada a impediria de levar uma vida normal. O que lhe acontecia era algo grande demais. Haveria a imprensa, pedidos de todo tipo, exposições, salões, encomendas do Estado. Não tinha visto os seus quadros, mas um de seus amigos participara da organização da exposição de Milão e admitira ter ficado muito impressionado com as obras daquela desconhecida. Claro que aquela agitação toda se devia em grande parte à aura de Ambrose Abercombrie, cuja importância no mundo da arte era incontestável, mas que também não deixara de cometer alguns erros.

O sol boiava diante da janela, como se espionasse a cena sob a alegação de algum fenômeno natural. Guérinet, em vez de fechar as venezianas, colocou os óculos escuros. Fio notou que as janelas possuíam grades de ferro. Ele retomou as papagaiadas que ele próprio havia criticado cinco minutos antes e explicou, com sua retórica cafeinada e a eloquência das ondas de fumaça de seus cigarros, sua descrença na sociedade e que a arte tinha como destino substituí-la. Sim, é claro, acrescentou, com uma pretensão banal, os artistas possuem essa singularidade misteriosa. Têm algo mais, ou menos, ele não sabia, mas, de qualquer modo, eram diferentes.

Fio se comportava como uma criança ouvindo uma história entediante, para a qual um avô muito sério transmitisse uma maçante lição de vida. Sentiu uma náusea quando o rapaz, com aquela aparência tão tolerante, falou dos artistas como se fossem uma raça superior. Aquilo não lhe dizia respeito, mas, por educação, e por não ter nenhum argumento para se contrapor a Escriban, deixou que as palavras entrassem por um ouvido e saíssem pelo outro.

– Estou convencido de que o grande projeto da Arte é dar continuidade ao desenvolvimento anatômico do Homem, inventando novos órgãos: uma obra é um órgão, uma flor, uma paisagem, um osso, um membro, que o espectador deve enxertar em si mesmo. É uma cirurgia que não se dá sem alguma dor.

Fio perguntou o que ele achava de Charles Folquet. Guérinet parou de discursar e se lembrou de que tinha uma convidada ali. Charles era seu amigo. É claro que não tinham a mesma concepção do que é a arte, da vida, da melhor noite de Paris, mas Charles era uma pessoa maravilhosa. Nunca falaria mal dele, mesmo que sua arte fosse do tipo popular, comercial, e que ele não tivesse uma visão muito lúdica de um monte de coisas.

– Eu o adoro – prosseguiu. – Um dia ele me roubou uma metáfora.

– Roubou uma metáfora?

– Uma noite, eu disse que a arte era como uma caixa de preservativos encontrada nos escombros de um avião caído. Mas não desgosto dele por causa disso. Eu me sinto até honrado com o fato de uma coisa que eu digo se tornar língua corrente.

Fio começava a se entediar seriamente. Já não sentia nenhuma graça em ver aquele jovem artista cheio de certezas se agitando sem parar. Pélam estava sem comer desde cedo, e, se a coisa continuasse assim, ela perderia mais um episódio de *Superballoon*. Estava com fome, não comera nada desde o meio-dia, quando Charles Folquet a convidara para almoçar no The Portrait Restaurant para falarem sobre a "retrospectiva" de suas obras, prevista para março. Quando pensava nisso, Fio não conseguia conter o riso. Acostumara-se, no entanto, com a emissão de termos grandiloquentes e com aquela espécie de dislexia particular dessas pessoas ligadas à arte que tendem a pôr uma letra maiúscula a cada duas palavras que pronunciam. Recorrendo a um mitridatismo de ação permanente, acabou por imunizar-se aos pouquinhos contra os efeitos ridículos dessa postura presunçosa. Não se deixava seduzir por esse aparato todo, mas penetrava em um mundo que se levava tão a sério, para o qual a arte era uma questão

tão vital, que, por educação, se mantinha indiferente, sem se preocupar em questionar tais crenças. Afinal de contas, não eram perigosos, não soltavam bombas. Além disso, se havia também pobres iluminados que acreditavam em extraterrestres, então...

Com o cuidado de se manter o tempo todo vago, Charles Folquet comentou que pessoas importantes, influentes e cultas estavam elogiando os seus pequenos quadros, aqueles quadros que ela havia pintado despreocupadamente, apenas para comer e poder pagar algumas sessões de cinema por semana. Quanto mais positivos eram esses juízos, menos conseguia livrar-se deles. Seu jeito cortês natural não permitia que fosse de encontro à confiança nela depositada.

– Quer umas torradinhas com patê de fígado? Roubei algumas num coquetel. Detesto coquetéis.

– Não, obrigada.

– Sabe de uma coisa? – perguntou Guérinet enfiando duas torradas na boca. – Eu me culpo terrivelmente por comer carne animal.

– Mas você come. Não é muito lógico.

– Não, você não entendeu: eu me culpo. Só isso. É genial. Adoro isso. Agora que tudo é permitido, temos tão poucas oportunidades de ser imorais. Sabe... Tenho um grande projeto. Devíamos nos unir, mas não formar um grupo como um partido, seria mais uma coletividade de individualismos. Uma rede unida e desunida, alternativa e contínua. Não é preciso ter vida social, essa é a armadilha. O que eu chamaria de viver, mas não existir. Entende o que quero dizer? É preciso viver, mas não existir. Tenho certeza de que iríamos nos entender bem.

Fio achava exagerado o pessimismo do jovem. Despediramse, e Fio voltou para casa. Uma hora mais tarde, Guérinet retomou a conversa, esquecendo-se, por um instante, de que a sua colega já tinha saído. Esmagou o cigarro numa de suas telas e considerou que não tinha nada a temer em relação àquela moça misteriosa: não roubaria o seu lugar como especialista em marginalização, ele continuaria a ser o gerente de sua lojinha de radicalismos. Consequentemente, não precisava ir para a cama com ela. O sexo e o amor eram as suas armas mais eficazes para neutralizar as artistas. Achou que tinha se apaixonado por uma ex-noiva, uma artista que poderia lhe causar alguma sombra; o amor foi a forma que encontrou para dominar a amada e sua arte. A coisa, aliás, funcionou muito bem; durante todo o tempo em que durou o relacionamento, ela não criou nada que tivesse algum valor.

Zora tinha saído – só Deus sabia para onde, e o diabo, para fazer o quê. Fio comprou um crepe na Misha e, enquanto o degustava enfiada no sofá, tentando descobrir a sua composição – até ali conseguira identificar que havia cogumelos –, pensou em Guérinet Escriban. Ele lembrou-lhe alguém que nasceu para ser apenas uma recordação.

Ela tinha treze anos. Um jovem adolescente avançava em sua direção, de muito longe, pois fazia muito tempo. Ela atentava para as capas dos livros da Biblioteca Municipal de Nantes, na esperança de que um deles lhe piscasse o olho. O garoto estava vestido como se não o tivesse feito por querer: a camisa avançava para fora do pulôver velho, fazia séculos os cadarços de seu calçado não deviam ser amarrados, e sua calça de veludo marrom, bastante larga, estava manchada. Era uma manhã de sábado, dia em que ela sempre esquecia o caminho da escola e faltava à aula de música, dada por um professor que se sentia autorizado por seu diploma a humilhar os alunos menos convencidos da necessidade de tocar Joe Dassin na flauta. O garoto lhe pediu licença e, com uma voz suave e levemente hesitante, perguntou se havia na biblioteca algum espaço onde a coletânea de poemas de S. poderia estar abrigada. Naquela época, a medula óssea de Fio já havia decidido que S. era o seu poeta favorito. O encontro com um garoto da mesma idade que compartilhava essa paixão era algo tão inacreditável que ela nem chegou a ficar surpresa. Fio sempre se espantara mais com as coisas banais, que os outros achavam normais, como os encontros previsíveis, destinos traçados por antecipação, frases feitas que saíam prontinhas das cabeças. Conduziu-o até o arquivo com fichas em ordem alfabética que vomitavam nomes iniciados por todas as letras do alfabeto, muitos dos quais tinham isso como sua única qualidade. E encontraram o que já esperavam: naquela grande biblioteca municipal, livros sobre trompetes e sobre naves espaciais, romances que floresciam em calabouços, ensaios sobre todos os temas possíveis... todos esses livros proliferavam ali. Mas não havia nenhum de S. O rapaz e Fio não se decepcionaram ao descobrir que já sabiam, desde o começo, da esterilidade de sua busca. Mas tinham-se conhecido graças a S., tinham-se conhecido, e, para Fio, já não importava saber se seus poemas existiam, se aquele poeta havia ou não passeado pelas margens do lago de Genebra. Conversaram por alguns minutos, minutos durante os quais a Terra deu várias voltas em torno do Sol. O menino se cadastrou na biblioteca, Fio ouviu o seu nome e o guardou, como um origami, dentro de uma dobra de sua memória. Ele perguntou se ela costumava ir ali, ela respondeu que sim, ele perguntou se ela estaria ali no sábado seguinte naquela mesma hora, e ela respondeu que sim.

No sábado seguinte, um professor conseguiu retê-la tempo suficiente para que ela conseguisse chegar em cima da hora ao seu encontro com um destino fracassado. Esperou pelo garoto durante horas, mas sem demonstrá-lo, sem que ela mesma percebesse. Somente anos depois é que se deu conta de que não tinha ficado ali para ler aquele livro enorme sobre tartarugas marinhas. Talvez fosse orgulhosa demais para ficar à espera de alguém, talvez fosse individualista demais para esperar qualquer coisa de alguém, ou talvez fosse lúcida demais para saber que essas coisas não existem, esses encontros bem-sucedidos de pessoas que já não são crianças mas ainda não se tornaram adultas. Pudera constatar, várias vezes, que a vida sabe sempre se mostrar à altura dos sonhos esfacelados. Momentos assim nascem para ser traídos pela realidade, e para forjar pessoas que encontrarão neles, depois, uma justificativa para a sua covardia.

Com o passar dos anos, ela chegou a acreditar que aquele garoto tinha sido apenas um sonho e que, no fundo, isso combinava muito bem com o seu rosto pálido. No dia do seu décimo oitavo aniversário, ela começou a procurar, um pouco distraidamente, numa lista telefônica real, os números de seu sonho. Escreveu-lhe uma carta contando o dia em que se conheceram. Ele respondeu que se lembrava de tudo e que teria prazer em revê-la. Encontraram-se num parque. Não se conheciam, mas reconheceram-se de imediato, e conversaram como se tivessem estado juntos na véspera, como se sua amizade tivesse se hibernado durante aqueles anos. Um jovem bem encorpado e elegante havia germinado e florescido dentro do menino maltrapilho; sua timidez havia sido triturada pelo rolo compressor das relações humanas; os anos tinham cuidado de pentear os seus cabelos e moldar as suas roupas; seu sucesso estragara os gestos desajeitados, conferindo-lhe modos graciosos. Ele se tornara o vizinho da frente, o amiguinho da menina da terceira fila, o garoto de short vermelho que faz o ponto decisivo num torneio de basquete universitário... Ou seja, quase qualquer um.

Há pessoas que são assassinadas quando forçadas a existir. Às vezes, é melhor não deixar que as pessoas sejam seres vivos, mesmo que isso implique viver apenas das carícias proporcionadas pela parte mais cortante do ar. Não que Fio preferisse os sonhos às pessoas reais, mas ela achava que os sonhos possuem uma conversa mais interessante e mãos mais cálidas. Sabia que era um erro confundi-los, algumas de suas amigas haviam perdido muitas lágrimas no choque com essa miragem. Fio quase nunca conseguia enxergar muita realidade nas pessoas reais. Geralmente, ficavam mal imaginadas, como romances fotocopiados e desbotados.

O rapaz já não parecia uma recordação. A noite seguinte a novembro era dezembro; o despertador, colocado no piso do seu quarto, tinha tocado, e veio o inverno.

Do jeito como as coisas iam, não sobraria nenhum raio de sol para o verão, observou Fio. Isso lhe dava finalmente a oportunidade de usar os óculos escuros que ganhara de Zora. O tempo estava perfeito para um piquenique. O tempo estava perfeito para qualquer coisa. O sol estava tão radiante, tão gigantesco, que ultrapassava os limites dos olhos de Fio. Deveria retomar as aulas no dia seguinte, mas Charles Folquet organizara uma coletiva de imprensa para ela. Gostaria de ter resistido à ideia, pois afinal não tinha nada para dizer, o que lhe parecia um motivo válido para ficar calada, e, além disso, os jornalistas ainda não tinham visto os seus quadros. Então, para quê? Charles Folquet acreditou tê-la convencido dizendo que alguns dos jornalistas eram amigos e que ficariam muito decepcionados se não pudessem vê-la. Ela precisava apenas falar sobre si mesma e responder às perguntas. Por fim, Fio cedera de cansaço, incomodada diante da relevância do encontro: não queria se responsabilizar pelo seu cancelamento. Nunca tinha sido causa de nenhum cancelamento. Preferia dispensar esse novo poder do qual a dotavam, e, se nunca conseguisse se desfazer dele, pelo menos nunca o utilizaria.

Charles Folquet começava a se acostumar a beber chá sem açúcar toda vez que passava na casa de Fio. Quando se admira alguém, procura-se gostar daquilo de que essa pessoa gosta, para ter uma proximidade maior com ela. Não lhe parecia incongruente, assim, entrar no mundo de Fio por intermédio das papilas gustativas de sua língua e de seu palato. Depois de planejar como se daria o encontro com a imprensa, ele pegou um exemplar do *Temps* amarrado com uma fita vermelha e ofereceu como se fosse um presente a Fio. Charles Folquet andou pela sala, com a xícara de chá na mão. Estava exultante. O apartamento continuava bagunçado. Ele se ofereceu para pagar uma faxineira para Fio. A resposta da jovem foi apenas um sorriso de incredulidade. Embaraçado, não ousou dizer que ele tinha uma faxineira e que lavava as roupas numa lavanderia, pois era incapaz de usar máquina de lavar, e muito mais de passar as suas camisas.

– O que é isso?

– Pode bater na madeira. É a sua primeira matéria.

Fio tirou a fita e abriu o jornal. O texto começava na primeira página e continuava dentro. Intitulado "Crime contra a arte", trazia a assinatura de Servet de Casa, professor de filosofia numa faculdade importante e homem também de televisão. O artigo começava assim: "Quando teremos um Tribunal de Haia para julgar esses khmers vermelhos da arte contemporânea? Mesmo morto, Abercombrie prossegue em sua empreitada de depuração, com o seu novo achado, uma jovem artista desconhecida chamada Fio Régale. Seus quadros são uma negação de toda a herança de nossa pintura desde..."

– Você acha isso uma boa notícia?

Fio largou o jornal antes de terminar de ler o artigo apaixonado e injurioso. Sentou-se de pernas cruzadas no sofá e enrolou uma mecha do cabelo com o dedo indicador. Charles Folquet se sentia nos céus, não conseguia ficar parado.

– É claro. Conseguimos uma polêmica! Quem ainda não tinha ouvido falar de você agora ficará a par. De Casa é um reacionário, e seus habituais inimigos o atacarão. Ou seja: estarão do nosso lado. Além disso, a metáfora dele, que compara os aliados da arte contemporânea a khmers vermelhos, irá desencadear uma tempestade na mídia. As organizações e os humanistas de todos os matizes irão inundar o jornal com cartas de protesto. Ele vai ficar isolado, pois mesmo aqueles que não gostam de Abercombrie não poderão bancar isso. Grégoire Cardenal, seu melhor inimigo, irá responder quanto ao mérito e defender você em um texto de página inteira. Ele me prometeu.

Fio leu o artigo circunspecta. Aquilo a tocava de uma maneira que ela não havia previsto. Uma pessoa que ela não conhecia e que também não a conhecia a insultava como se ela tivesse feito alguma coisa grave. Ele tinha o direito de não gostar de seus quadros, mas por que toda aquela violência? Ela não era do tipo de esquecer as coisas, mas tinha a sensação de que o sentimento de ódio e de desafio que começava a ter contra o tal Servet de Casa era viciado. Esse homem estava forçando-a a ser contra ele, ou seja, a estar do lado daqueles que a defendiam, como o tal Grégoire Cardenal. E ela não conhecia nenhum dos dois lados. Era objeto de uma guerra que não lhe dizia respeito. Um butim disputado por outros. Dobrou o jornal e guardou-o sob um livro na mesa de centro; bebeu um pouco de chá. Seu bom humor estava abalado.

– E sabe da melhor? Servet diz que viu os seus quadros na exposição de Milão.

– E nunca houve nenhuma exposição em Milão.

– É claro que não. Pelo menos não até agora. Mas De Casa odeia Abercombrie há muitos anos, sempre atacou as suas escolhas, e não havia motivo, agora, para ser diferente. Que ele conheça os seus quadros ou não, isso não vai fazer nenhuma diferença no seu julgamento. De qualquer maneira, De Casa detesta tudo desde que nasceu.

Embora tentasse reduzi-lo a um episódio cômico com efeitos positivos, Charles Folquet lamentava o espetáculo das lutas internas do mundo da arte que ele exibia para Fio. Terminou o chá e marcou encontro com ela para o dia seguinte.

Fio ligou para Zora. Esta estava atirando na máquina de café, e os disparos ecoavam por todo o prédio. Durante uma Noite Tóxica,

Fio perguntara a Zora por que ela atirava nos eletrodomésticos. Esta dera a resposta mais lógica do mundo: porque se atirasse em pessoas (e só Deus sabe se não é esse o desejo que ainda lhe falta realizar) seria presa. Alguns minutos de conversa com Zora foram suficientes para esquecer o lamentável episódio de Servet de Casa. Sua amiga xingava com prazer aquelas altas personalidades que brigavam em si por causa dela. Havia algo tranquilizador e energizante em ouvir Zora sempre coerente consigo mesma, forte e decidida, alguém que nada fazia vacilar.

O parque mais próximo da rua Baxt era o de Belleville, mas ele era pequeno demais, e a existência, no seu interior, de um Museu do Ar tinha o dom de irritar Zora. Com sua cesta, ambas se dirigiram, então, ao Buttes-Chaumont.

Desde o final de dezembro, tendo o sol sido constante no inverno, a temperatura não subira muito, de forma que, à parte a habitual turma de ingênuos corredores convencidos de que o cheiro de seu suor era suficiente para adiar a morte, o parque estava calmo. O sol já se pusera, as luzes dos postes compunham uma constelação na galáxia de Buttes.

Instalaram-se no mesmo local onde Fio costumava trabalhar, sobre a pequena colina que se projeta sobre a cascata de Buttes. O inverno é a estação dos sonhos de quem não gosta de pôr os pés, as mãos ou os traseiros em merda de cachorro: os proprietários friorentos não se atrevem a fazer um passeio para esvaziar seus queridos animais de seus excrementos. Mas a grama, por mais bem tratada que seja, por mais pesticidas que receba, por mais fria que esteja por causa da geada, continua a ser um pequeno e perigoso pedaço de natureza. E Zora tinha horror à natureza. A desculpa de que esta não tinha uma existência premeditada não a protegia da ira da moça. Se a natureza se limitasse a ser uma paisagem, alguma coisa bonita de ver, de macia e confortável para sentar, de agradável para respirar, tudo bem... mas ela se dava o direito de ocultar sob os seus enganosos falbalás aquilo que Zora chamava de "terríveis animaizinhos". Os terríveis animaizinhos poderiam significar apenas um termo genérico designando todos os seres vivos, mas aplicava-se, de fato, apenas aos insetos e semelhantes, aranhas, lesmas e pequenos cães. A existência desses "terríveis animaizinhos" retirava da natureza qualquer possibilidade de obter circunstâncias atenuantes. Zora nunca lhe perdoaria. Fio se divertia, pois, desde que certa vez tivera de se levantar em plena noite a fim de espantar a minúscula mariposa parada no teto do quarto de Zora, sabia que, por trás dessa animosidade, a amiga escondia um tocante temor infantil.

Sem muita expectativa de sucesso, um dia Fio convidara Zora para um passseio na floresta, a fim de introduzi-la na magia dos perfumes amadeirados que se expandiam depois de uma chuva. Zora se vestira como se fosse para uma expedição numa selva perigosa; tapava o nariz e a boca com uma máscara de carbono e algodão para filtrar o ar não poluído. O bosque de Larc não merecia tantas precauções. As corças tiveram a feliz ideia de não mostrar seu focinho, ao contrário de uma toupeira que se pôs a farejar o cano do revólver de Zora. Fio conseguiu convencê-la de que aquele insetívoro míope não representava nenhum perigo e confiscou-lhe a arma com a promessa de que a devolveria caso surgisse pela frente um animal feroz ou um esportista. Dessa forma, continuaram o passeio, e parecia a Fio que Zora estava gostando daquela mudança de ambiente. Pareciam as duas menininhas de *A caçada das borboletas*, de Gainsborough. Zora levava consigo um aerossol com o qual exterminava qualquer inseto que ousasse penetrar na bolha de sua intimidade. Esse objeto tinha também a vantagem de contribuir para a destruição da camada de ozônio da atmosfera, um pequeno prazer nada desprezível. Nesse dia, vários mosquitinhos, uma mutuca, uma borboleta de asas douradas que se derreteram sob o jato do inseticida e uma bela borboleta-monarca foram assassinados. No instante em que Zora ia exterminar uma libélula, um *Lestes sponsa*, que voava à sua volta, Fio cobriu com a mão o aerossol.

– É uma libélula – disse ela, maravilhada.

– Você é louca? Se acha que eu vou deixar esse monstro me atacar...

– Por favor, não a mate.

Mesmo com seu ânimo guerreiro, Zora jamais contrariaria a amiga. Agitou a mão, então, diante da libélula, que subiu para o topo das árvores e desapareceu. Depois de um vibrante discurso contra o favorecimento de que gozavam as libélulas, o qual lhe permitiu desanuviar a forte emoção que percebia existir atrás do gesto da amiga, Zora lhe perguntou com toda a delicadeza de que era capaz, ou seja, muito pouca, se ela poderia explicar o que sentia de tão pessoal em relação àquele inseto odonato.

Aconteceu algumas semanas antes da prisão de seus pais. Eles tinham ido visitar Mamé, que vivia numa barraca nos limites de uma floresta no centro da Bretanha. O dia fora maravilhoso: nadaram no rio, comeram espetinhos, e, acima de tudo, ficaram juntos. Parecia que as férias eram um país onde a polícia jamais poderia prender seus pais. Não havia acordo de extradição entre a França e as férias. Os pais tinham-se afastado do acampamento para buscar lenha para satisfazer o apetite do fogo, e Mamé pediu-lhe que se sentasse ao lado dela. Fumava um pequeno charuto que soltava tanta fumaça, que eram precisos vários anos para esta se dissipar.

"Quero lhe contar uma historinha. Uma história da minha infância. Você já é grande, Fio, e vai entender. Não está com frio? Bem. Eu tinha exatamente a sua idade. Morávamos, então, no campo, um campo paradisíaco, verde, todo dividido em bosques e fazendas, com um rio límpido e inúmeros riachos onde nos divertíamos. Uma tarde, eu andava de bicicleta no meio de um mato alto a caminho de casa. Ao meu lado, o meu cachorro, correndo. Era um cachorrinho branco cheio de vida, muito brincalhão. Fazíamos uma espécie de corrida, mas uma corrida em que os dois procuravam não se distanciar muito um do outro mais do que uma passada. O objetivo não era ganhar, ver quem chegava em casa primeiro, não, o objetivo era correr juntos. Nenhum de nós sabia realmente qual dos dois estava esperando o outro. Eu pedalava a toda a velocidade, traçando um caminho no meio do verde, esmagando o mato sob as minhas rodas. Meu cachorro latia, desaparecia às vezes quando o mato era mais alto e depois ressurgia, como se saísse de um mar de verdura. Formávamos duas linhas que se cruzavam, cortavam, ziguezagueando, mas ficávamos sempre lado a lado. Este é o meu segredo, Fiona, esta imagem: meu cachorro branco e eu de bicicleta traçando duas linhas no meio do mato. O momento mais importante de toda a minha vida, o seu tesouro maior, é essa forma desenhada de modo fugaz num campo pelas rodas enormes da minha bicicleta vermelha descascada e pelas passadas do meu cachorrinho. Desde esse dia, eu sempre agi em função dessa lembrança, e, mais do que isso, dei a sua forma a tudo o que fiz. Todas as minhas ações e todos os meus pensamentos se compuseram dentro do diapasão dessa imagem. A única coisa que eu gostaria que você guardasse de mim é o meu segredo: é preciso encontrar uma forma em função da qual se possa viver. Pode ser uma canção, uma imagem fluida, pode ser qualquer coisa, a música do sorveteiro, uma lembrança, um perfume, mas é preciso encontrar essa forma."

Mamé voltara para perto dos pais de Fio, que atiçavam a fogueira ao lado da barraca fumando cigarros. O dia se encerrava, feliz; encolhia-se para se transformar numa lembrança cuidadosamente armazenada em sua memória. Sentada na grama, Fio imaginou a avó garotinha em sua bicicleta, e seu cachorro branco. Seu coração encheu-se admiração.

Dois anos depois, Fio estava com oito anos de idade, a tempestade ameaçava cair sobre a floresta. Os pássaros reservavam com suas asas um pedaço do céu onde pudessem se abrigar. Aquela tarde não se parecia com nada que Fio já houvesse visto antes. Parecia encoberta por uma temperatura de cobre. O céu estava avermelhado, as nuvens tinham cor de âmbar, o ar agradável brilhava como se tivesse se misturado com os cabelos da menina. Fio estava sentada em um banco que tinha sido tirado de um Jaguar Sovereign e que ocupava havia anos um bom espaço no jardim difuso existente diante do trailer de Mamé. O couro vermelho amaciado pelas chuvas e pelo vento produzia um belo cheiro de decomposição.

Mais um trovão. Fio sentiu que ela pertencia à mesma espécie que o céu e as árvores: acreditava, intimamente, que a tempestade poderia surgir dela mesma. Ela carregava a energia de todos os relâmpagos que ela sabia possuir dentro de si, e, sem nenhuma dúvida, estava convencida de que participava da tempestade, em pé de igualdade com as grandes nuvens escuras. Ela despejaria uma chuva suave e rápida sobre o mundo. Tomada por esse furor alegre, ela se levantou do banco e abriu os braços, disposta a desencadear a sua paixão de menina.

Uma libélula tinha aparecido. Não seguia o caminho dos outros animais, aterrorizados. Pousou na mão de Fio. (Depois, ficaria sabendo, em um manual sobre insetos, que a libélula encontrada naquele dia era uma *Libellula depressa*, e que a ordem dos insetos alados à qual ela pertencia, os odonatos, era a mais antiga e primitiva, existindo já na época dos dinossauros.) Uma gota caiu sobre sua mãozinha trêmula de frio. A libélula não se moveu. Em seguida, uma gota maior caiu sobre a cabeça do inseto, cujas patas, fininhas, se dobraram um pouco. Suas asas se inclinaram para acompanhar a queda da gota. Nesse instante, Mamé abriu a porta do trailer para pedir que Fio entrasse. O ar ficou extremamente escuro, relâmpagos cortavam o céu, seguidos poucos segundos depois de enormes trovões. A garotinha percebeu, então, que o seu pulôver verde e seus cabelos ruivos resplandeciam com a água. Apesar do dilúvio, a libélula não se movia, seu corpo brilhava, suas cores, seus verdes e azuis, estavam cobertas pelas cusparadas da chuva. Fio se levantou e correu em direção ao trailer para salvar o inseto. Sentiu o coração se apertar diante da ideia de que a libélula pudesse morrer. Mas, no momento em que chegava ao trailer, sentiu uma pressão na mão: a libélula dobrava as patas e ganhava impulso para partir em direção ao céu. Os pés na lama, os cabelos colados ao rosto, Fio acompanhou o seu voo em meio ao muro de gotas. A libélula subia, subia. Deu-se um relâmpago, que não provinha da menina, mas sim do céu. Quando Fio reabriu os olhos, a libélula tinha desaparecido.

Bebendo o chocolate quente preparado por Mamé, as costas aquecidas pelo pequeno fogão a gás, ela disse a si mesma que aquela seria a sua forma, a forma de acordo com a qual ela iria viver. Nunca tinha visto nada tão belo. A libélula coroava a sua vida tão jovem, era a joia viva que autenticava a realeza de seus sentimentos.

A temperatura estava amena, aproximava-se a hora do jantar, motivos pelos quais não havia quase ninguém em Buttes-Chaumont. Zora pegou um aerossol e o descarregou inteiro nos poucos metros quadrados onde pretendiam se instalar. Os insetos hibernavam, mas ela não queria correr o risco de que o cheiro da comida os despertasse. As duas amigas esperaram alguns segundos para o cheiro se evaporar, e se sentaram. Abriram a sua cesta de piquenique carregada com hambúrgueres de vários tipos, batata frita e refrigerantes comprados no *fast-food* escocês da rua de Pyrénées.

– Vou dar uma entrevista coletiva. Enfim, uma espécie de entrevista coletiva. Charles Folquet me disse que será mais um encontro informal com alguns jornalistas. Isso me deixa estressada. Que droga, Zora, eu não tenho nada para dizer...

– Maravilha, minha querida – disse Zora, levando à boca, alternadamente, o sanduíche e o cigarro. – Regra número um: não deixe os jornalistas fazerem nenhuma pergunta.

– Vai ser meio difícil. Eles estarão lá para isso.

– Não, não. Eles estarão lá para registrar as suas respostas. Jornalistas não fazem perguntas. Produzem apenas um estímulo para provocar algum reflexo na vítima. E esse reflexo se chama "resposta". Conforme o jornal, a sua personalidade e o nível de notoriedade do entrevistado, a pergunta do jornalista pode vir como um torrãozinho de açúcar ou como uma descarga elétrica. O que ele quer é que você expresse alguma coisa sobre você, como um pesquisador qualquer em um laboratório. E que você, acima de tudo, diga a ele como são pertinentes as perguntas que está fazendo, e que ele entendeu tudo sobre a sua arte.

– O que você me aconselha? A não dizer nada?

– Não dizer nada significaria responder às perguntas deles. Não. Saia pela tangente. Ninguém obriga você a dizer a verdade. Dê respostas verossímeis.

– Usando clichês, não é?

– Considerando o estado de excitação deles, nem se darão conta. Que droga, Fio, você não deve nada a eles. Se eles a admiram, então saberão que às vezes você não tem nada para dizer, e a respeitarão por causa disso, os imbecis. Mas não se iluda, a maioria vai querer arrancar explicações suas de qualquer jeito. Eles têm mentalidade de policial ou de professor. Confesse o seu crime. Faça a sua dissertação. Dizer a verdade ou mentir dá na mesma, querida. Se perguntarem se é difícil pintar, diga que sim. Se perguntarem se você usa drogas, diga que sim. Responder a um jornalista é um exercício de mímica com palavras. Você poderia ficar quieta, gaguejar qualquer coisa, insultá-los, tudo isso seria perdoado em você porque você é uma artista, porque é famosa. Quase famosa, eu quero dizer. Tudo isso irá fazer parte da sua lenda. O importante é que eles tenham coisas para despejar nos jornais, que possam escrever um monte de páginas para mostrar como são inteligentes.

Como de hábito, os conselhos de Zora se expandiam para todas as direções, e sua filosofia geral podia ser resumida como "mostre a granada e se esconda bem, minha querida". Por mais estimulante que uma filosofia como essa pudesse ser, só podia ser aplicada por indivíduos que haviam renunciando a qualquer vida social. Pelo que Fio havia entendido, a experiência de Zora com jornalistas tinha sido desastrosa, e ela, no mínimo, não os trazia dentro do coração. Mas a sua amiga se defrontara com jornalistas especializados em moda e com os dos tabloides sensacionalistas, não com a nata da profissão. Os críticos de arte deviam ter outro nível.

À medida que avançava, a noite fazia os halos dos postes de luz ampliarem o seu raio de alcance. Fio confessou a Zora que estava nervosa. Afinal, aquelas pessoas queriam falar com ela por imaginarem que ela tivesse alguma coisa para dizer sobre arte, pintura, sobre Abercombrie... E não era bem o caso. Da mesma forma como sempre tomara o cuidado de respirar várias vezes por minuto, ela procurava não nutrir muitas certezas. É um jogo, insistiu Zora, leve tudo isso como se fosse um jogo. E propôs que fizessem um treinamento. Ela faria o papel de Fio, e esta o de um jornalista. Zora cobriu os ombros com a toalha, como se fosse uma capa, pegou os óculos escuros de Fio e passou-lhe o frasco de ketchup para que ela usasse como microfone. Fio pigarreou, e deu início à entrevista.

– Bom-dia, senhorita Régale. Devo lhe dizer que a senhorita é maravilhosa.

– Eu sei, eu sei... – diz Zora em tom desdenhoso. – Os senhores vieram aqui para falar de coisas que já sei.

– Sinto muito. Bem, vejamos... O que a Morte significa para a senhorita enquanto mulher e artista?

– Não muita coisa – responde Zora, desenvolta.

– O que é a Arte para a senhorita?

– O que a Arte é para mim não tem nenhuma importância, e certamente seria alguma coisa falsa. A verdadeira pergunta é: o que o artista é, ele próprio, para a Arte?

– O que a senhorita pensa a respeito dos outros pintores contemporâneos?

– Nada. Eu só me interesso pelos artistas mortos. A morte é o teste definitivo para os artistas, é o nosso exame final. Só ela permite que se reconheça um gênio. O bom artista é um artista morto. As únicas pessoas que realmente morrem são os grandes artistas. Os outros, os aspirantes, apenas deixam de respirar e seu coração para de bater.

– Acredita em Deus?

– Sim, mas não acredito no azul.

Nunca irei conseguir, diz Fio. Frequentemente temos mais talento para as coisas que não precisamos fazer: Zora brilhava com respostas magníficas e paradoxais, mas não era ela quem tinha pintado os quadros.

No dia seguinte, Charles Folquet conduziu Fio pelos salões de um grande restaurante do bulevar Montparnasse que se orgulhava de ter recebido Picasso e alguns outros fregueses importantes. O local era frequentado pelos artistas endinheirados. Afundados nas poltronas já puídas, sentiam-se seguindo a trilha de seus ancestrais gloriosos, quando, na verdade, apenas seus traseiros é que ficavam aureolados. Durante o trajeto, Fio expôs a Charles Folquet os seus temores. Ele a acalmou dizendo que bastava agir de forma natural. Ser natural era justamente o que ela não conseguia ser.

Os jornalistas a receberam com deferência e prazer, numa sequência de sorrisos acolhedores e olhos brilhantes que ela não merecia. Charles Folquet apresentou-a, e apresentou à jovem cada um dos jornalistas. Fio não guardou muita coisa daqueles nomes, que se ofertavam a ela como buquês de flores. Sentia no seu interesse atento e cordial a violência de uma guerra.

Garçons trouxeram alguns coquetéis, mas Zora havia dito a Fio que nunca bebesse nenhum produto que pudesse provocar alterações em sua consciência numa situação que não estivesse sob seu controle. Tampouco ousou espetar alguma coisa nos pratinhos servidos, cheios de animais mortos e transformados em iguarias estéticas e caras.

Charles Folquet dirigiu o evento. Acompanhava as idas e vindas das perguntas e das respostas, ajudava a jovem quando ela não tinha nada para dizer. E Fio, na maior parte do tempo, não tinha nada para dizer. Mesmo assim, como não queria constranger ninguém, fazia-o sempre usando um sujeito, um verbo e um complemento.

Contra todas as expectativas, os jornalistas se encantaram com ela. Para eles, sua dificuldade de se expressar e sua incapacidade de elaboração intelectual constituíam uma maravilhosa manifestação de humildade, bastante rara entre artistas. A arrogância de alguns dos críticos se misturava com sua gentileza; sua certeza de deter a verdade sobre a arte se confundia com a delicadeza de suas atenções para com a jovem artista. Fio se achava incapaz de se defender desses amáveis adversários.

Fizeram-lhe perguntas pessoais que ela preferia não responder. E essa simples recusa a falar sobre si mesma decepcionava os seus convidados, como se lhes negasse o pagamento de uma dívida. Sentiu-se incomodada por provocar esse desapontamento naquelas pessoas tão afetuosas e importantes. Essa incapacidade de dizer "não" àqueles rostos sorridentes levou-a a sacrificar um pouco a sua intimidade. Falou de sua vida da maneira mais simples possível, sem entrar nos detalhes mais patéticos, e observou, horrorizada, como a sua triste história inflamava a excitação dos jornalistas. Não lhe disseram isso, mas deixaram entender que ela devia se orgulhar de sua infância terrível, que o destino de seus pais, o orfanato, tudo isso contribuía para a sua glória e injetava mais um brilho em sua lenda. Já não era uma artista vendida apenas por sua originalidade. Tinha também uma vida original. Essas coisas caminhavam juntas, era uma moda que não mudava nunca. A compaixão e a piedade dos jornalistas eram sinceras, mas Fio não conseguia deixar de pensar que eles as transformariam em instrumentos de sensacionalismo nos seus artigos.

Apesar da flexibilidade e do bom humor de Charles Folquet, os momentos de silêncio se tornavam cada vez mais frequentes. Fio sabia que esses vazios contavam contra: sozinha diante de um grupo de pessoas atentas, era ela a responsável pelo esboroamento da conversa. Dissimulou o seu desconforto sob a máscara de uma timidez encenada, os olhos perdidos no nada. Nervosa, triturava as mechas de seus cabelos e mergulhava o rosto no seu copo de Perrier.

Para satisfazer a sua curiosidade, evocou a lembrança de uma brincadeira que ela fazia na infância e maquiou-a com um esboço de teoria estética: para ela, as cores remetiam a elementos da natureza. O vermelho era uma tulipa, o cinza um rinoceronte... O que dava aos objetos da cor cinza uma rinocerontização exótica e encantadora. Os jornalistas acharam apaixonantes esses devaneios infantis fantasiados.

Sem forças para resistir, sob a pressão da atenção de seus espectadores, Fio soltava palavras nas quais não acreditava. Zora teria sido capaz de tirar de letra o papel que lhe atribuíam ali, mas Fio não conseguia debochar cinicamente daquelas pessoas, pois elas eram sérias, mostravam-se sinceras e emocionadas. Em meio ao maravilhoso cenário daquele restaurante, ela começou a se dar conta da armadilha dourada em que tinha caído. Havia muita gente envolvida, e ela já não podia recuar.

Charles Folquet, levado pela onda daquele jogo, abordou o tema da exposição de Milão. Alguns poucos jornalistas tinham ouvido falar, um único a havia visto, mas uma gastrite o impedira de fruí-la plenamente.

Como de hábito, Charles Folquet acompanhou-a até em casa. A noite começava sob um azul sombrio. No carro esportivo de Charles Folquet, uma Lagonda último tipo, com o rosto marcado pelas luzes de neon da vida noturna, Fio pensou que dali a alguns minutos tomaria um banho quente e pensaria em tudo aquilo. Perguntava-se quando é que as pessoas perceberiam o embuste. Afinal de contas, nada era tão grave. Podia aproveitar as coisas. Restaurantes de luxo, dinheiro, presentes. Na primavera, dali a algumas semanas, haveria uma exposição, e todos veriam que os seus quadros eram apenas os seus quadros, quadros de uma menina ruiva malvestida que se tornou pintora por causa de crimes que cometia, simplesmente para ter de que viver.

Depois de se despedir de seu anjo da guarda, Fio entrou em casa e leu o recado que Zora havia afixado na porta com uma adaga. A amiga informava que tinha viajado para o Japão por alguns dias para cuidar das gotas de sangue de Timothy Leary armazenadas em um instituto de pesquisa genética de Osaka.

Nada de Noite Tóxica hoje, pensou então Fio, lamentando. Deu de comer a Pélam, trocou a água de sua tigela e preparou para si mesma alguma coisa que se assemelhava a uma refeição com os poucos víveres com validade ainda não vencida que havia na geladeira.

O tecido da cortina se moveu. Fio sentiu a presença de Pélam, mas, como de costume, não conseguiu distinguir as suas formas no cenário. Colocou o prato fumegante e quase apetitoso na mesinha de centro perto do sofá e pôs para passar as fitas gravadas por Zora com os episódios de *Superballoon* que ela tinha perdido. No último episódio, os heróis justiceiros tentavam capturar um bilionário maluco e criminoso refugiado no último andar da Casa Battlo, em Barcelona. Ele preparava uma invasão da Islândia com mercenários fantasiados de pinguins. O suspense era de tirar o fôlego.

Fio intensificou a escuridão diminuindo a intensidade da lâmpada halógena e foi para o quarto. No armário à esquerda da cama, pegou um objeto disforme montado sobre rodas e coberto por uma capa. Empurrou-o até o corredor, as rodas chiando como ratos pequeninos. Quando ela tirou a capa, subiu para o ar um cheiro de inseticida contra traças. Era um respirador artificial. Um velho modelo da marca Dräger que ela resgatara do lixo de uma clínica onde havia trabalhado num verão. Fazia mais de um mês que não o abria. Colocou-o na tomada. O respirador se ligava de acordo com a frequência de um tempo de inspiração seguido de uma fase de expiração com retorno à pressão atmosférica; a tela de controle cinza roncava, a linha verde, reta, vibrava levemente. Um tubo com um metro de comprimento ligava-se a uma bola de vidro com uma abertura tampada com uma rolha. Fio tirou da gaveta embutida sob o respirador um maço de Popular light. O maço já estava aberto fazia algum tempo, os cigarros estavam ressecados e quebradiços, algumas migalhas de fumo caíram no chão. Fio pôs um cigarro na boca e o acendeu. Jogou os cabelos para trás, deu uma baforada, colocou o cigarro dentro da bola de vidro e se sentou no sofá. Com a língua, sentiu nos lábios o sabor estranho de cana-de-açúcar do cigarro cubano. O respirador chiava, o oxigênio passava através do tubo para encher a bola de vidro. A ponta do cigarro se iluminava a cada inspiração; a fumaça saía por uma pequena abertura localizada na parte de trás do aparelho. Rapidamente a sala foi tomada por aquele cheiro particular do cigarro, fumado lentamente pelo respirador artificial.

Seus pais fumavam aquela marca de cigarro, e essa era uma das poucas coisas que ela se lembrava deles. As fotografias e todas as demais lembranças tinham sido queimadas no incêndio do trailer de Mamé. Seus rostos, na sua mente, tinham uma imagem turva, mas, quando ela ligava o respirador e o cigarro era consumido, pequenos restos e partículas de seu passado ressurgiam. O cheiro do Popular levava-a a mergulhar no mundo de sua infância. Tomara o cuidado de calafetar todas as frestas para evitar qualquer corrente de ar, de modo que a fumaça pudesse se manter suspensa no ar da sala escura como um emaranhado de nuvens e brumas de ossos. Eram os seus pais que estavam ali, como fantasmas surgidos de um cigarro, tomando conta do ar e misturando-se, através de suas volutas acinzentadas, com os seus cabelos ruivos. Por alguns minutos, a angústia desaparecia, o medo de ficar sozinha no mundo se desfazia sob o véu de vapor carbonizado.

Depois de assistir aos episódios de *Superballoon*, Fio adormeceu no começo da noite e bem no meio do sofá.

O artigo de Servet de Casa provocou o escândalo que se previa. Foi o que Charles Folquet contou a Fio, que era obrigada a acreditar no que ele dizia. Sem nenhuma dúvida, Fio se transformara numa estrela. A famosa cantora e atriz M. tinha comprado uma de suas obras. E ela a tinha visto antes? Não. O valor da transação pareceu tão irreal para Fio, que ela não ficou impressionada. Sorriu, desolada. É assim que a gente reconhece uma estrela, dissera Bojarski. Estrela não é a pessoa para quem fulano ou sicrano olham quando passa na rua, mas uma pessoa que é reconhecida por outras estrelas.

Fio decidiu suspender os estudos naquele semestre. Ficava muito difícil conciliar o universo tranquilo e sério da universidade com o mundo fervilhante e cheio de excessos da arte. Temia que não seria fácil retomar o rame-rame da vida cotidiana. Mas prometera a si mesma recomeçar as aulas em setembro, depois de juntar dinheiro suficiente para se proteger por muito tempo. O que não deveria ser muito difícil, haja vista o preço que M. pagara.

Alumbrados Granvelle tinha começado a pintar muito cedo; antes mesmo de saber ler e escrever, já era capaz de desenhar palavras e frases inteiras. Artista precoce, ganhou a primeira exposição aos seis anos de idade, ficou famoso aos dez, começou a usar heroína aos 13 ao mesmo tempo que ganhava o seu primeiro milhão; aos 15 anos, torna-se o membro mais jovem dos Alcoólicos Anônimos. Até os 25, estará no topo do mundo das artes, com seus quadros, esculturas e instalações sendo vendidos por uma fortuna. Páginas inteiras eram dedicadas a ele em livros de história da arte, suas teorias e suas papagaiadas brilhantes constituíam o novo evangelho da arte. Durante quinze anos, ele foi um gênio, reconhecido e adorado por todo o mundo.

Um belo dia, sem que nada tivesse permitido que ele o previsse, críticos, colecionadores e museus começaram a achar que ele havia regredido a tal ponto, que suas antigas obras-primas passaram a ser consideradas como nulidades passadistas. Aos trinta anos de idade, ninguém mais falava nele, que desapareceu por uma década inteira. Ninguém soube o que fez durante todo esse tempo. Ele voltaria a ocupar a frente do palco ao completar quarenta anos, e aqueles que o haviam conhecido nos anos anteriores tiveram dificuldade de reconhecê-lo, de tanto que o ex-jovem havia desaparecido naquele rosto agora bronzeado e na obesidade do novo Granvelle. As opiniões sobre a qualidade sofrível de suas obras não se alteraram, mas sentia-se algo misterioso, o cheiro de uma tragédia atraente no destino daquela criança que conhecera a glória tão prematuramente. Não retomou o ofício, mas usou a sua fortuna para formar uma coleção de primeiro nível. Obstinadamente, reconquistou um lugar naquele universo do qual fora excluído, mas um lugar que o mantinha ao abrigo dos enfrentamentos: tornou-se um crítico temido e um famoso *marchand*. Situava-se, no tabuleiro, do lado oposto ao das posições vanguardistas de Grégoire Cardenal e seus seguidores, como Guérinet Escriban.

Recebera como herança o hotel particular da rua Pernety, último vestígio da fortuna de uma família que soubera construir com grande ferocidade, ao longo de alguns séculos, o seu caminho para a miséria. Ele era o último nó na concretização dessa ambição. O prédio era mal aquecido, as baratas eram bem alimentadas, as paredes apodreciam do lado de dentro; somente as correntes de ar mantinham o aspecto de alguma novidade sempre regenerada.

Um táxi viera pegar Fio na rua Baxt para levá-la à rua Pernety. Ela tocou a campainha na porta do prédio. Não havia nenhum nome escrito no único botão do interfone. Uma empregada de uniforme preto com avental rendado abriu-lhe a porta. Todas as paredes brancas estavam cobertas de quadros e esculturas, desse tipo de obras que não sabemos se gostamos ou não, mas que atraem o interesse. Como estavam presas e iluminadas como obras de arte, parecia lógico, para o visitante, considerá-las como tais, mesmo que fosse difícil, de outra forma, atribuir-lhes qualquer valor. A entrada consistia em um átrio cercado por pequenas janelas de vidro cobertas pelas primeiras flores do fim do inverno. Em cada aposento, poltronas e cadeiras permitiam que se contemplassem os quadros, às vezes confortavelmente, mas muitas vezes não, pois eram cadeiras saídas da imaginação de grandes designers: os olhos as apreciam, mas as costas não conseguem avaliar a sua genialidade sem sentir alguma dor.

Como se deslizasse pelo piso seguindo um trajeto definido por trilhos invisíveis, a empregada conduziu Fio através dos cômodos, de utilidade imprecisa. É assim que se reconhecem as casas dos ricos: há uma cozinha, uma copa, um banheiro e um quarto, mas essas peças úteis avizinham-se de outras cujo único interesse reside em provar que o supérfluo pode muito bem ser sustentado por paredes de pedra. A empregada passou por uma porta enorme de uma sala grande que Fio apelidou mentalmente de "terceira sala de jantar", mas que poderia ser também um fumatório ou a sala onde seu anfitrião tomava chá, ou ainda o lugar onde ele pensava em coisas tristes. Diante de tamanha profusão de aposentos, um proprietário consciencioso, e cheio de remorsos, sente-se obrigado a encontrar uma função – ou seja, uma desculpa – para cada um deles, e às vezes é levado a descobrir novas paixões para justificar o espaço que tem à disposição. No caso, Alumbrados Granvelle tivera de começar a jogar bilhar para ocupar o salão do último andar, começar a fumar charuto e cultivar orquídeas raras.

Entraram numa grande sala repleta de objetos de arte e de caixas de papelão empilhadas; o lugar era iluminado por uma varanda; a luz avermelhada do sol cobria as mesinhas, as cadeiras empilhadas e as plantas, cujo topo, em alguns casos, chegava até o teto. Nas estatuetas e nos objetos diversos, a poeira cintilava como uma laguna sob os raios de sol. A empregada dirigiu-se para uma grande porta que ficava no fundo da sala. Se uma obra de arte é um objeto que exigiu dedicação e originalidade em sua execução, então essa porta era, sem dúvida, obra de um grande mestre. A madeira escura, quase vermelha, espessa, exibia ondas vitrificadas engolindo os escombros de um galeão carregado de tesouros e os rostos embasbacados dos passageiros. A empregada tirou do bolso uma luva branca de algodão, vestiu-a e bateu levemente na porta.

– Senhor, a senhorita chegou.

A porta vibrou, como se um corpo se encostasse nela. Uma respiração pesada saiu pelo buraco da fechadura.

– Está dispensada, Jeannette, pode ir. Senhorita Régale... Não posso dizer que tenho prazer em conhecê-la. Diria, melhor, que tenho interesse em conhecê-la. Viu o artigo de Servet? Que idiota... O pior é que é meu amigo. É triste, mas você irá aprender que nos tornamos amigos de algumas pessoas simplesmente porque elas têm os mesmos inimigos que nós.

Granvelle amassou um jornal e o rasgou. Espirrou três vezes e assoou o nariz. Seu olho apareceu no buraco da fechadura, tão grande e intumescente que parecia querer passar por ele. O olho se moveu para escrutinar Fio em todos os pontos.

– Sinto muito não poder lhe dar um aperto de mão. Estou preso neste armário empoeirado há dois dias. Tudo por causa da danada dessa fechadura enferrujada. Jeannette já chamou vários serralheiros, mas todos eles disseram que precisariam dar marteladas, serrar, amassar... Nunca os deixaria fazer isso. Prefiro encerrar os meus dias neste cubículo a que qualquer pessoa cause o menor ferimento à minha porta Riemenschneider. Consegue imaginar a idade dela? Cinco séculos! Quem sou eu, com o meu meio século, para me comparar a esta obra? Como os serralheiros se mostraram incompetentes, Jeannette sugeriu chamarmos o irmão dela, que é um assaltante profissional. Acho divertido constatar que somente um homem de arte seja capaz de me tirar desta situação. Pois os ladrões são verdadeiros artistas. Talvez os últimos da Terra.

Jeannette ressurgiu com uma bandeja trazendo a refeição do patrão. Todos os alimentos eram mais ou menos líquidos, para que o prisioneiro pudesse chupá-los com um canudo através do buraco da fechadura, algo que ele fez de modo ruidoso, sem, no entanto, que nenhuma gota do purê de carneiro ou da sopa de tomate tocasse na preciosa porta. Encerrada a refeição, Jeannette retirou-se da sala com a bandeja.

– Não acredito que seja sua a responsabilidade pelo que está acontecendo. Por isso, seria desagradável ser injusto com você. Ainda está aí?

Fio se afastara do buraco da fechadura, onde Granvelle acabava de colar mais uma vez o seu enorme olho vermelho. Ela observava os belos objetos dispostos sobre as mesas. Começava a se acostumar a que lhe falassem sem se preocupar se ela ouvia ou não.

– Sim, estava apreciando a decoração.

– Decoração? Decoração! São obras de arte, não decoração, senhorita. Há um lado lamentável nisto, eu sei muito bem, em ter essas obras de arte de valor inestimável espalhadas pela minha casa. Adoraria ser contaminado pela sua genialidade, de atrair a doença que as fez nascer. Se é que isso existe. Ocorre que, em comparação com elas, eu sou um vazio, sou um nada, estou morto, enquanto elas transbordam de vivacidade. Eu não moro nesta casa. Elas, as esculturas e as pinturas, é que mandam aqui. Eu é que sou a decoração. O bibelô, aqui, sou eu, uma velha peça de bazar, banal e substituível. Posso me ferir ou morrer, e nada disso será grave: sou uma mercadoria em série, um ser humano desprovido de qualidade que tentou fazer com que os outros acreditassem no seu talento. Nada pode acontecer com essas obras. Elas são únicas, têm personalidade e, mesmo imóveis, têm mais vida do que eu jamais teria.

– O senhor gostaria de alguma coisa para beber? – perguntou Fio, com toda a delicadeza de que foi capaz, incomodada por interromper o homem atrás da porta.

Granvelle grunhiu. Tocou um pequeno sino, e Jeannette apareceu imediatamente. Sem perguntar a Fio o que ela gostaria de beber, pediu apenas um copo d'água. Granvelle era ligado às Testemunhas de Jeová, com a pequena diferença de que a sua filosofia o autorizava a receber sangue, mas não o autorizava a dar dinheiro. Era unha de fome, e sua fortuna lhe permitia demonstrá-lo ostensivamente. Quando algum visitante que não tinha nada a temer de sua influência brincava com a sua avareza, ele se fazia de vítima de um racismo financeiro. Sentia-se muito orgulhoso por não se comportar de acordo com o que a sua conta bancária permitiria, por não jogar dinheiro pela janela comprando água mineral, bebidas sofisticadas ou iogurte com pedaços de frutas. Sua avareza, segundo ele, representava a humildade saudável de sua carteira. Fio tomou um gole e decidiu não repetir a experiência: a água, turva, estava carregada de calcário. A voz grunhiu novamente. A porta tremia ao impacto dos decibéis.

– Não fazemos parte do mundo. Nascemos, vivemos um pouco e morremos. Somos apenas olhos transitórios encarregados de refletir os quadros de Goya. Somos orelhas fugidias nas quais ressoam as cantatas de Bach. Só as obras é que ficam, assistindo ao espetáculo da admiração que lhes dirigimos.

Com seu copo de água salobra na mão, Fio ouvia o que Granvelle dizia, de frente para a porta talhada. Estava impressionada, não pelo que o homem dizia, mas com a cena decorrente daquela fechadura travada. A voz parecia distante, sufocada pela parede, como se viesse de uma masmorra da Idade Média. Os rostos aterrorizados dos náufragos esculpidos na madeira, suas bocas abertas em gritos de aflição e desespero introduziam na cena uma atmosfera de perdição. Essa paisagem tormentosa conferia às palavras de Granvelle um tom fantástico e inquietante. Como este não demonstrava se preocupar com ela, Fio começou a passear pela varanda, em meio às orquídeas. Ouvia-o falando, mas a sua voz grave, devido à distância, perdia força. Os significativos borborigmos de Granvelle se dissolviam no ar da sala como o jato excessivamente perfumado de um desodorizador de interiores.

– Obviamente o bandido do Ambrose quis aproveitar a oportunidade para ter o nome dele reverberando ainda mais no futuro. É por isso que você está aqui. Não vi os seus quadros. Aliás, nem sei se quero vê-los, pois todo o mundo fala da exposição de Milão, os jornalistas vomitam elogios sobre você e sua vida de Cinderela, e sobre a sua obra. Você já está consagrada. Se eu fosse ver os seus quadros, minha cabeça já estaria tomada por essa agitação toda, pelo juízo positivo de pessoas de que eu gosto ou que desprezo. O que eu achasse não teria nenhum peso. O tempo é que irá separar o joio do trigo. O crítico critica, pois o artista cuidou bem dele. Vivemos uma época em que o artista cria já pensando na compreensão que o crítico terá de sua obra. É uma bobagem. Ambrose percebeu isso. E Servet, como de hábito, caiu na sua armadilha. De minha parte, não vou odiar você só porque Abercombrie era meu inimigo. Não, isso seria fácil demais.

Ele silenciou. Fio ouviu-o retomar o fôlego, sua respiração era pesada e assobiava, seus brônquios fulminavam depois do esforço. Imaginou-o empapado de suor, apoiado na porta, a camisa manchada de comida e baba. Ele limpou a garganta e escarrou várias vezes em um lenço.

– Sabe, eu só vi Ambrose Abercombrie uma vez... – disse Fio, distraidamente.

– Canalha. Ele guardava você no armário. Sabe o que você significa? A reserva dele para depois da morte. Ele vive, agora, graças a você. Ninguém escolhe ser artista, da mesma forma que ninguém escolhe ser um assassino. Espere para ver o quanto ainda a farão pagar. Acredite: foi o que aconteceu comigo. Um dia, eu percebi que não tinha nenhum talento, mas já era tarde: eu já era famoso. Todo o mundo acha que fui repudiado. Mas não, eu os abençoo por terem me dado um pretexto para desaparecer. Se você é realmente aquilo que todo mundo diz, eles se vingarão de você, e se vingarão da maneira mais astuta, pois se vingarão do seu talento adorando-a. Não perdoarão o fato de você ser melhor do que eles. Desconfie do amor deles, que não passa de uma marionete do ódio que têm.

– O senhor tem uma visão um tanto sombria de tudo isso... Não precisa se preocupar.

– Não estou preocupado, pois sei exatamente como tudo vai acontecer. Fico triste por você. Fico triste porque você vai ter muito sucesso, pessoas que não conhece irão amar você, e até adulá-la. Todas as portas se abrirão para você. E então, quando o mundo estiver a seus pés, perceberá que está sozinha. Homens irão desejá-la, não por você, mas pelo lado de deusa que enxergam em você, pela imagem deles próprios que encontrarão no espelho de seus olhos. Eles a amarão pela sua obra ou, para ser mais exato, por aquilo que lhes é familiar e íntimo na sua obra, tudo o que lhes permita acreditar que são únicos e verdadeiros e que remeta a eles próprios. E, o pior, você ficará dependente dessas atenções desprezíveis. E vai se dar conta disso quando diminuírem os convites para a televisão e as exposições. Então, daquele desejo que os outros nutriam em relação a você e ao qual você não atribuía importância, quando ele desaparecer, você sentirá falta. Ao voltar para casa, rezará para que a luzinha da secretária eletrônica esteja piscando e fuçará o correio atrás dos convites para as festas às quais antes não teria comparecido. Um dia, será substituída por um novo jovem prodígio, e sentirá o ciúme pesar dentro de você, sentimentos vis que não imaginava existirem no seu interior. Você vai conhecer como é a concorrência neste mundo. Tudo não passa de sedução e concorrência.

Acariciando as pétalas de uma orquídea, Fio sentiu um arrepio. Pensou naquilo que Charles Folquet dissera sobre Granvelle pouco depois de informá-la de que ele queria conhecê-la. Apresentara-o como um artista que tivera o seu momento de glória e que depois se tornara um crítico temido e admirado. Apoiava artistas jovens, era inimigo jurado de Grégoire Cardenal, o crítico que replicara o artigo de Servet de Casa para defendê-la. Fio entendia muito bem que Granvelle não estava se dirigindo a ela: ele falava para si próprio. Ela era apenas um pretexto. O que ele fazia ali era advertir o jovem artista badalado e depois decepcionado que ele próprio havia sido. A voz voltou a grunhir atrás da porta.

– Abercombrie era um mundano. Quem lhe disser o contrário estará mentindo.

– Não entendo. Charles Folquet me disse que o senhor é um grande amante da arte...

– Justamente. É por isso que estou sendo tão severo. É por isso que minto tanto. Quero sobreviver. E a única forma de manter a minha posição é preocupando-me com os recém-chegados. Se batalho em favor das obras desses artistas, é porque os odeio, e não vejo neles nenhum talento. Bem que gostaria de falar de artistas importantes, mas eles não existem. A quem a gente quer enganar dizendo que existe algo novo debaixo do sol?

E no entanto, toda semana Granvelle transmitia a sua coluna para o redator-chefe da *Absolu*. Frequentemente tinha esses momentos de lucidez, mas não falava sobre eles a ninguém, retomando sempre o rame-rame dos coroamentos e ordenações. Se a maior parte dos artistas que defendia lhe parecia de pouca importância, incensava-os apaixonadamente, e sabia encontrar em suas obras alguns traços que lhe permitiam afirmar a sua relevância. Amava a arte com devoção e simpatizava imediatamente com todos os que se reivindicassem dela e atuassem em favor de seu proselitismo. Pertenciam à mesma igreja. É bem verdade que os cardeais se engalfinhavam entre si e que alguns fiéis viam nessa crença apenas um meio de aumentar a sua influência e de progredir pessoalmente, mas até os mais miseráveis deles acreditavam naquele deus. Tinha a esperança secreta de que a sustentação da aura da arte por esses talentosos medianos que deviam a ele as suas carreiras favoreceria o surgimento, um dia, e logo, de um novo gênio autêntico.

Com a ajuda da fama, ele tivera direito a uma juventude em que as aventuras sexuais haviam sido mais numerosas do que as semanas. Ainda lhe acontecia penetrar alguns raros sexos que se abriam à sua frente, mas já não tinha a mesma ferocidade do caçador de orgasmos. Antigamente, apaixonava-se com facilidade e encontrava na elasticidade de um corpo jovem e musculoso a centelha que liberava o seu desejo. Agora, suas ereções intelectuais eram provocadas pela mesma e deliciosa superficialidade, as aparências de profundidade e de beleza. Guérinet Escriban, por exemplo, era o equivalente artístico de uma jovem sueca ninfomaníaca. Com seus comentários intricados, suas citações de mestres do passado e, sobretudo, seu tom sóbrio de belos olhos azuis, excitava os críticos e colecionadores. Sem poder contar com a sua arte para fascinar os outros, utilizava a fascinação que ele próprio exercia para fazer os outros acreditarem no valor de suas obras. Mas Escriban era um protegido de Cardenal, exposto demais, um *rock star* da vanguarda. Granvelle o assassinava regularmente. Sob vários aspectos, Cardenal e Granvelle eram os dois lados da moeda do atual mundo da arte. Um representava a vanguarda oficial, o outro a luta oficial contra essa vanguarda e a defesa de certo classicismo. As querelas entre os dois eram reforçadas por sua paixão comum pelas obras de Raphaël Joachim Boronali, cujas pinturas e herança intelectual eles disputavam.

O desprezo que a arte contemporânea inspirava em Granvelle encontrava a sua mais esfuziante manifestação no apoio indefectível que ele lhe dava. Não queria estragar a vida indo de encontro à sua época, pois já vira muitos críticos serem chamados de nazistas ou de fascistas por não terem gostado dessa ou daquela nova moda. Na verdade, suas preferências não iam muito além de Picasso, mas ele jamais admitiria isso. Era reacionário – palavra que não lhe causava nenhum medo. Irritava-se quando comparavam as garatujas de alguns jovens burgueses tarados e púberes com Tintoretto. Mas silenciava, pois a honestidade é um valor muito perigoso de praticar em vida: é preciso aguardar a morte para só então expor sem preocupações aquilo que realmente se pensa.

Compartilhava frequentemente, e silenciosamente, as indignações de Servet de Casa com a vanguarda, "essa farsa cujas heresias já fazem parte do cânone", para mencionar uma de suas definições. Servet era um sujeito enfático, que dizia aquilo que pensava, mesmo que isso fizesse o mundo inteiro se voltar contra ele. Seu amigo, coitado, vivia em luta permanente contra aqueles que chamava de filisteus e contra todos os que, no mundo da arte, "haviam construído a sua reputação na região *pharisienne*".* O problema era que as posições políticas de Servet eram excessivamente coerentes com suas posições estéticas: participava de campanhas que apontavam

* Trocadilho intraduzível: *pharisienne* quer dizer "fariseia" ou "farisaica", mas remete a *parisienne*, "parisiense". (N. do T.)

a decadência moral da sociedade, atacava com ferocidade todos os aspectos da modernidade, a internet, as uniões civis, a reforma da língua francesa, a pedagógica, as explicações sociológicas da delinquência. Declarar-se no mesmo campo estético de Servet de Casa significava, para a mídia e a opinião pública, abraçar o seu conservadorismo intolerante. Granvelle não fazia política, mas sempre acrescentava, para que não pairassem dúvidas, que não era de esquerda. E, sim, ele detestava o rock e essas músicas modernas de degenerados, mas será que não tinha liberdade de ter as suas próprias preferências?

Escrevera um artigo em que tripudiava sobre a pretensão da época atual de considerar a si mesma como genial. Fazia lembrar que a arte rupestre, surgida 35 mil anos antes de Cristo, consistia na representação de bisões, ursos e estampas à mão. Mas foi preciso esperar oito mil anos até que o *homo sapiens* começasse a desenhar a si próprio, sob a forma de silhuetas, nas paredes das cavernas. Os primeiros rostos não estilizados surgiram na arte 23 mil anos depois, em torno de 4000 antes de Cristo. Deixava-o indignado, assim, o fato de, a partir do século XX, inventarem-se revoluções a cada estação do ano, assim como saltos conceituais permanentes, todos decisivos. Toda época é como uma mãe coruja, que acha seus filhos sempre os mais maravilhosos. Mas, para Granvelle, nada era tão novo quanto as obras do passado.

Se agora se automutilava diante de Fio confessando não acreditar naquele mundo de falsidades de que era um dos mandarins e usando as mentiras dos outros para se justificar, no fogo dos debates e na organização das exposições, ao contrário, vestia com prazer as suas belas roupas de gala.

– Olhe só. Eu sou como um cozinheiro que não acredita em alimentação. Detesto o modo como ela é preparada, apresentada e debatida. Mas é o único ofício que conheço e que sei fazer muito bem. Quando estou na cozinha do meu grande restaurante, o fogo da paixão toma conta de mim, sirvo-me de todos os ingredientes. E cozinho, pois os clientes estão lá no salão, e têm fome. Isso muda tudo. A fome muda tudo.

O irmão de Jeannette chegou com seus apetrechos de assaltante. Movia-se num silêncio absoluto, vestido de preto, o rosto mascarado. Fio admirou as linhas de seu corpo esbelto, ressaltadas pela roupa apertada. Despediu-se do homem atrás da porta e desapareceu. Já na rua Pernety, atingida por uma chuvinha fina, sentou-se na beirada de uma janela. Sentia-se nauseada. Chegou a pensar que era por causa da chuva, mas a sensação vinha de antes. O hotel particular de Granvelle e suas coleções somavam-se à profusão de riquezas que passara a conhecer nos últimos dois meses, e, se, intelectualmente, ela se divertia com essas exibições de importância, seu corpo, que não sabia antepor nenhuma distância entre ela e o mundo, estava em pedaços. Não fazia nenhum juízo moral daquelas pessoas, a não ser que o seu ventre fosse capaz de fazer uma coisa dessas. Sentia que, mudando de mundo, era ela mesma que mudava.

A cada encontro com um medalhão do mundo da arte, esperava encontrar as respostas e as explicações para seu novo destino. Que lhe dissessem, enfim, o que iria acontecer com ela. Mas todos achavam natural a sua presença entre eles, como se o seu lugar já estivesse reservado desde sempre e agora ela o estivesse apenas ocupando. A ausência de qualquer surpresa diante daquilo que lhe parecia algo extraordinário tornava ainda mais forte a sua sensação de deslocamento. Por que todas aquelas pessoas importantes queriam conhecê-la?

Sabiam quem ela era, e as certezas que tinham a seu respeito lhe davam a sensação de ter perdido o brilho de sua personalidade. Tivera a surpresa de descobrir, nos textos dos jornalistas que haviam estado com ela, que tinha olhos verdes e usava calças de veludo puídas. E nada disso era verdade. Em dúvida, passara vários minutos na frente do espelho, os olhos bem abertos, para tentar encontrar algum traço de verde em sua íris. Nada disso. Eles eram claramente castanhos. De um castanho-escuro que não tinha como ser confundido com verde. Como era ruiva, haviam deduzido que tinha olhos verdes. Os dois elementos combinam tanto. Talvez os jornalistas, em meio a uma alucinação induzida por seus preconceitos, até tivessem visto nela olhos realmente verdes. Compreendeu, então, que qualquer coisa que fizesse, qualquer coisa que dissesse, nada agora teria muita relação com ela mesma, mas sim com a ideia que se fazia dela, com a maneira de a imaginarem. Pintavam-na com os seus olhares, e ela desaparecia sob essas pinceladas, sob as formas e as cores criadas por aquelas pessoas que não conhecia. Parou de ler os textos a seu respeito, e pediu a Bojarski que não os enviasse mais. Em todos os textos a ela dedicados, aprendera bem mais sobre os críticos do que sobre ela mesma.

De volta à rua Baxt, deu de comer a Pélam, pôs um cigarro aceso no respirador artificial e adormeceu no sofá, envolvida pelo tecido musical de *Inevitabilmente*.

Zora tinha deixado uns cinquenta recados na secretária eletrônica de Fio. Metade era composta pelos habituais comentários ácidos da amiga, dirigidos, desta vez, contra os pilotos de avião, o Japão, os japoneses e a sua comida infame; a outra metade dos recados eram informações mais genéricas sobre o andamento de seu projeto, bem como palavras de afeto que a distância de dez mil quilômetros tornava mais fáceis de expressar.

Fio queria que amiga voltasse logo, era o seu único pé na realidade, ou, melhor, na antiga realidade, que mantinha um aroma mais tranquilizador do que o cheiro de sucesso que agora aspergia sobre ela sem parar. Tentou comer um crepe na Misha Shima, mas, devido a uma misteriosa transformação, seu estômago recusava a comida que antes achava tão deliciosa.

As roupas criadas por Ottaviani não resistiram ao furor das máquinas da lavanderia automática da rua Piat. Os tecidos ficaram felpudos e encolheram. Fio jogou-as fora sem dó e voltou a vestir os seus jeans prazerosamente.

Vários dias tinham-se passado desde sua visita a Granvelle. Quantos? Ela não saberia dizer. Antes, um dia se caracterizava pela grande quantidade de coisas que não aconteciam, no que se assemelhava ao seu apartamento vazio. Nos últimos tempos, acontecimentos que ela não buscara nem escolhera surgiam em seus dias como assaltantes que não roubavam nada mas preenchiam o seu dia a dia. Seu apartamento se enchia no mesmo ritmo: presentes, flores e livros chegavam-lhe às pencas, sua caixa de correio transbordava. Um galerista lhe mandara uma coisa estranha chamada "pachmina". Não encontrando nenhum tipo de uso para ele, deu-o de presente a Misha Shima, que o usou como uma pequena toalha de mesa em sua creperia. Em dois meses, sua caderneta de telefones encheu-se com mais nomes do que todos os que levara vinte anos para reunir, e não era raro encontrar em sua agenda, anotados com sua própria letra, encontros com pessoas que ela não sabia quem eram, além de não saber o motivo pelo qual devia vê-las. Assim, nessa noite, ela era esperada no B & M. Telefonou a Charles Folquet para pedir esclarecimentos.

O Boire & Manger, ou B & M para os íntimos, é uma boate localizada numa dessas ruas iluminadas dos bairros chiques e que faz parte da harmonia da vizinhança entre as fortes luzes de neon e os prédios ricos e suntuosos; um palácio para saguis vestidos de preto que imitam as sombras que os geraram, cercado por restaurantes onde os garçons usam luvas brancas e cospem nos pratos dos frequentadores. A boate figura no topo da lista dos maiores guias internacionais, atraindo clientes ricos que, na ausência de sonhos próprios, encontram ali o seu local de sonho já certificado.

A festa fora organizada por Charles Folquet, especialista em tudo e amigo de todos. Ele mandara imprimir três tipos de convite. Os dourados destinavam-se aos convidados de raça; os convites prateados foram mandados para os convidados-padrão, aqueles que formam a multidão bem-comportada dos coquetéis; por fim, os convites vermelhos cabiam aos convidados cujo acesso seria negado. Estes formavam a massa chique dos que ficam de fora, barrados pelos seguranças, insatisfeitos, berrando, fazendo escândalo, pondo, assim, um pouco de agitação no ambiente e, sobretudo, propiciando aos donos de cartões dourados e prateados a sensação de se verem acima da ralé. O mais saboroso era incluir entre os convidados que não teriam permissão para entrar os nomes de algumas personalidades um tanto ultrapassadas do mundo da arte e da política.

Foi o próprio Charles Folquet quem tivera a ideia de fazer o coquetel no B & M, na mesma noite em que haveria a entrega de um prêmio literário. Aprendera havia muito tempo que a arte não tem nada de excitante em si mesma, a não ser para alguns estudiosos, e que é preciso vender a sua imagem. Todos os meios seriam válidos para que se falasse de Fio e de seus quadros. O que interessava era o resultado. Se tornar Fio conhecida implicava festas em locais sofisticados, com modelos seminuas, jogadores de futebol, atrizes e cantores, se era preciso posar para as capas das revistas e falar na televisão, então Charles Folquet estava disposto a fazer esses sacrifícios. Ambrose lhe disse, poucos meses antes de morrer, ao contar-lhe a história de Alkinoos, que o sacrifício é o ato humano essencial: ele diferencia os homens. Por um lado, dos deuses aos quais eles oferecem a fumaça e o cheiro das carnes sacrificadas. Por outro lado, dos animais. Pois bem, era exatamente isto: ele se sacrificava em nome da causa! Duas marcas de champanhe o haviam contatado para patrocinar o evento: ele escolheu aquela que propunha mais bolhas.

Apesar do empenho todo manhoso do rapaz, Fio se recusou a comparecer ao evento mundano, improvisando uma doença que a obrigava a ficar de cama. Os vírus curavam satisfatoriamente as obrigações sociais. Sabia que, se comparecesse, teria de se misturar com um monte de babacas que adoravam passar por boêmios.

Nesse meio, um conhecido era alguém com quem se esteve algumas vezes num mesmo lugar; um companheiro, alguém com quem se trocaram apertos de mão; um amigo, alguém com quem se conversou pelo menos uma vez. Fio percebia que nunca havia visto a maior parte das pessoas que diziam conhecê-la. Às vezes essa representação lhe dava vontade de rir, como se os modos dessa ou daquela pessoa embaralhada em sua própria autossuficiência fossem uma farsa. Muito jovem, ela aprendera que alguns seres humanos são uma piada, outros um trocadilho, outros uma pegadinha, e outros, ainda, bolos de creme que eles mesmos atiram em seus próprios rostos. Quando estava junto com essas farsas dotadas de braços e pernas, não conseguia deixar de disparar sorrisos irônicos em sua direção. Mas via-se totalmente isolada ao observar essa defasagem entre a realidade e a aparência tão séria que ostentavam. Aterrorizada diante da ideia de poder se sentir à vontade entre elas e de se adequar a um clima tão diferente do que o de seu país natal, usava o seu paletó de donegal em todos os lugares como um fetiche ou uma proteção contra o raio social ultravioleta. Por isso, sempre que possível, ficava em casa, ia ao cinema, repassava as suas aulas. Não tinha recomeçado a pintar. Aguardava que aquele furor todo terminasse, para então retomar a sua pequena paixão, desta vez sem o pretexto do crime.

Sua ausência não foi sentida. Alguns dos convidados ao B & M disseram já ter falado com ela ou, pelo menos, já tê-la visto. O que ela dizia mesmo sem estar presente, e que Charles Folquet depois lhe relatou, deixou-a surpresa. Fio não sabia que estava tão a par de temas sobre os quais ignorava absolutamente tudo.

Dado que tanto a biologia quanto os relógios dos participantes eram de uma fábrica diferente daquela dos comuns dos mortais, a festa só começou à meia-noite.

A boate havia sido construída essencialmente com vogais. Isso era, ao menos, o que se podia deduzir diante do fluxo contínuo de exclamações e de gargalhadas que sustentavam a arquitetura do local. Os aperitivos foram chegando em pequenos grupos, formados conforme suas afinidades recíprocas, e escolheram as pessoas de acordo com o seu perfume, seus sabores e cores. No fim da noite, os salgadinhos e as bebidas já tinham consumido todos os convidados: a maior parte desses homens e mulheres era muito apetitosa, seus corpos saudáveis e bem nutridos traziam coberturas feitas com roupas caras, suas conversas eram enriquecidas com vitaminas editoriais.

Foram servidos, na ocasião, drinques Kandinsky, deliciosas saladas Van Gogh e doces Rodin. Foi um coquetel paradisíaco para todas as cabeças que tinham opinião sobre tudo e, com mais ênfase ainda, sobre qualquer coisa. Comiam-se coisas coloridas; diziam-se coisas coloridas. Entre véus de seda e assentos de madrepérola, reinava um clima de caça a cavalo numa manhã de domingo numa floresta da Vendeia. Bastava um integrante da criadagem retórica proferir uma palavra, para que imediatamente aquelas pessoas inteligentes se precipitassem sobre ele como se fosse um animal não muito selvagem. "Arte", "guerra", "sexo" – foram essas as palavras de criação de animais mais oferecidas aos participantes brilhantes e alcoolizados. As presas eram fáceis, animais dóceis, quase domesticados. Os caçadores disputavam alguns pedaços de carne da verdade. Pouco importava a palavra ou a ideia, eles tinham sempre um ponto de vista, e era possível sentir que, se pudessem se limitar a suas próprias opiniões, sem que existisse toda a realidade ao redor, seriam os homens mais felizes do mundo.

Uma guerra que, muito a propósito, acabava de estourar na América Latina lhes fornecera um tema para discussão e uma oportunidade para uma bela disputa. Os acontecimentos só existiam para ser comentados, para que aquele monte de moléculas de setenta quilos pudesse ter uma opinião e proclamá-la.

As celebridades acabam sempre se parecendo com as fotos suas que saem nas capas das revistas. As que tinham sido importadas para essa noitada não fugiam muito à regra, sem que isso parecesse incomodar ninguém: sua pele era de papel cuchê, e quando alguém se aproximava bastante de seus rostos podia-se ver que lhes faltava definição, como se fossem feitos de pixels. Em alguns casos, que costumavam aparecer em página dupla nas revistas semanais encontradas em cabeleireiros, era possível ver os grampos escondidos sob a maquiagem e as roupas de grife. Poucos *mishapes*, *misfits* ou *mistakes* tinham ido parar naquele local tão seleto, poucos dos convidados tinham crescido comendo biscoitos quebrados. Mas, se os pobres não estavam fisicamente presentes, tinham, no entanto, o seu lugar garantido no coração dos mais humanistas entre os cocainados e alcoolizados.

Os convidados se observavam uns aos outros e espionavam os segredos de sua banalidade dourada. Vestiam elegantemente tudo aquilo que diziam, a língua moldada em couro macio, untada com uma camada resistente às ranhuras da humildade. Suas ideias siliconadas eram protegidas em estojos de aço escovado de linhas angulosas e sóbrias, e revestidas com arabescos ou *strass* no caso das mais belas. As mulheres passavam base no rosto de suas frases; acrescentavam um toque de batom nos lábios de seus pensamentos mais tristes; alguns jatos de desodorante eliminavam as bactérias de uma realidade excessivamente suja. Suas conversas possuíam a fragrância de um perfume nobre, com uma onda de bergamota, coentro e cereja seguida de um trio de flores – jasmim, rosa-búlgara e íris – que não passava despercebido. A atmosfera dos discursos se aquecia um pouco com o surgimento de comentários acrescidos de âmbar e mirra em cada verbo que empregavam.

Entre as pessoas que Fio não viu naquela noite, Conrad Bégard era certamente o mais impressionado com ela. Frequentador das bacanais beneficentes organizadas por Charles Folquet, integrava o celeiro de artistas alimentados por Granvelle, era uma dessas pessoas falsificadas, cópia de cópias de indivíduos livres e originais que se comportam como se tivessem sido esculpidos por Michelangelo. Era daquele tipo de vazio exuberante, um vazio cheio de ideias e roupas. As rugas de seu nariz saltitavam a cada palavra que pronunciava, e pequenas manchas eram expelidas pela boca. Enquanto conversava com uma moça que ele achava ser Fio, balançava a sua taça de champanhe, da qual subiam pequenas flatulências festivas. Só na manhã seguinte se deu conta do engano: tinha gastado uma camisinha à toa. Tampouco a moça se sentiu muito feliz ao despertar ao lado dele, pois o confundira com Guérinet Escriban.

Algumas pessoas, entre as quais Charles Folquet, se mantinham lúcidas o bastante para saber que aquele espetáculo todo não passava de ilusão. Admitiam alegremente participarem de coisas fúteis adornadas com presunção e mau gosto por privilegiados contestadores ou reacionários, conforme o time a que pertencessem. Sabiam disso e achavam que essa postura distanciada os protegia. Mas o que podiam fazer? Aquele mundo tão falso e insuportável talvez fosse um pântano, mas era o *seu* pântano.

As aparências às vezes enganam, mas mais comum do que isso é o fato de elas serem enganadas. Seria equivocado julgar esses homens e essas mulheres pelo fato de pertencerem, de modo mais ou menos direto, ao meio artístico. Seria um erro e uma grande injustiça, pois esse gregarismo não era diferente daquele que se podia ver, por exemplo, em um congresso de dentistas. É claro que dentistas não fazem discursos sobre a transcendência das cáries ou sobre a singularidade ontológica das gengivas, mas o coquetel do B & M não tinha menos interesse nem menos brilho que outro coquetel organizado na mesma noite no Hilton de Saint-Germain-en-Laye pela Federação Internacional dos Professores de Odontologia.

Seria um engano pensar mal desses sapos com taça de champanhe, pois eles eram amados – o que poderia levar algumas almas mais caridosas a achar que, por isso, eles eram também seres amáveis. Eram amados por suas famílias, seus amigos e, em todos os casos, por seus cães e seus gatos – desde que não esquecessem de lhes dar comida. Mas, acima de tudo, beneficiavam-se do amor deles mesmos por si próprios.

Finalmente, perto do amanhecer, o coquetel terminou. A guerra na América Latina continuava, apesar da pouca utilidade que ela agora possuía.

No dia seguinte, Charles Folquet mostrou para Fio o seu texto sobre a noitada, publicado num dos jornais que custeavam o seu bom humor e as suas indiscrições. Fio servira chá com bolachas. O jovem a presenteara com uma caixa de enjoativos bombons de rosa, achando, ela não entendia como, que os adorasse. Daria tudo a Pélam. Afundada no sofá, uma xícara de chá na mão, escutou-o ler o seu artigo:

"Fui a um coquetel. Por curiosidade, e mais que tudo porque meu gato tinha comido o meu cartão de crédito. Havia a entrega de um prêmio literário no B & M, a famosa boate de Saint-Germain. Logo haverá outros prêmios ali, além do de escritores, e o grande desafio será não haver mais nenhum depois. Apesar de ter integrado o seu júri, não sei quem levou esse prêmio, mas tenho poucas chances de errar se disser que foi um amigo e que o seu livro é muito melhor do que disseram os seus críticos. O verdadeiro acontecimento da noite foi a presença fantasma da jovem Fio Régale, o último achado de Ambrose Abercombrie. Poucos privilegiados tiveram até agora a oportunidade de ver as suas obras, e todos eles estão de acordo em dizer que se trata de uma revelação histórica.

Tenho um reflexo condicionado, bem plebeu, de me impressionar com o luxo: pela porta de entrada podia passar até um elefante hipertrofiado. Há ouro nas paredes, nas maçanetas das portas e nas pontas dos seios das *hostesses*, muito mármore e um tapete espesso para abafar o som das cabeças que caem.

É admirável como aquelas pessoas, vestindo ternos valiosíssimos, relógios suíços e anéis de rubi, avançam sobre o bufê. Devem ter medo de que os restos sejam doados aos pobres.

Quem disse que os artistas são as pessoas mais antissociais do mundo? Diante do espetáculo mandibular do B & M, começo a duvidar um pouco dessa afirmação. Ou, pelo menos, acrescentaria aí uma nuance: os artistas são antissociais, mas apenas com os porteiros e os garçons. Poderia contar nos dedos da pata de um pinguim perneta aqueles que dizem 'por favor' ou 'obrigado' aos funcionários.

A sala estava cheia de pequenas ilhas de conversação. Como não conseguia aportar em nenhuma praia, aproximei-me do bufê, onde encontrei Fio Régale. Conhecíamo-nos do enterro magistral de Ambrose. É incrível como os enterros são excelentes momentos para a sociabilidade. Conheci minha primeira mulher em um enterro. Aliás, era o dela mesma.

Seguindo as ordens do meu querido mestre, conduzi a senhorita Régale por esse novo mundo e apresentei-a ao proprietário, pois, pode ter certeza, ela irá desbancar a todos nós. Escriban estava lívido como nunca, eis um sinal que nunca engana, e não nos brindou com o seu costumeiro espetáculo de ficar discutindo com Conrad Bégard. Todos os que falaram com a misteriosa jovem, apesar do barulho, da escuridão, da quantidade de gente e da fumaça, afirmam que ela tem uma humildade enorme. Alguns dirão que ela tem estatura média, outros, que tem seios pequenos, mas é tudo mentira: na verdade, ela é ruiva, de um ruivor inquietante. Não, não tem olhos verdes, mas tem dois. Não fuma, não bebe, tem uma personalidade das mais agradáveis. Mas perdoem-lhe as maluquices, pois viveu uma infância infeliz. Não pensem que poderão enganá-la, pois ela enxerga dentro das pessoas.

Nós, cronistas, temos de observar regras profissionais rígidas, e nem se pensa em descumpri-las. Assim, devemos manter o sigilo profissional a respeito de tudo aquilo que vemos e ouvimos nesses lugares vetados ao comum dos mortais. Mas uma regra superveniente nos obriga a divulgar esses mesmos segredos, principalmente quando são palpitantes. Meus amigos, eu tenho aquilo que lhes falta: uma história sobre a nova coqueluche do mundo da arte.

Vejamos a cena. A senhorita Régale estava encostada na parede mais fria do B & M, certamente se perguntando o que fazia ali, naquele lugar, cercada de gente drogada, bêbada e estúpida. Este seu servidor não a abandonava, afastando os parasitas de sempre com a ajuda de uma raquete mata-moscas Gucci e de um papel mata-moscas Chanel, quando um jovem alto driblou a minha vigilância com a ajuda de um comprimido de ecstasy e entabulou uma conversação com a delicada Fio.

– Fico muito honrado em conhecê-la – disse ele, para abordá-la.

– O senhor deve estar me confundindo com outra pessoa.

– Não é tão grave: vamos fazer, então, como se já nos conhecêssemos. Isso aqui está um tédio. Detesto coquetéis. O que acha de beber alguma coisa na minha casa?

– Você falou em fazermos como se já nos conhecêssemos. Então, acho que já saímos juntos, já dormimos juntos. E foi bem decepcionante, aliás. Chegamos até a nos casar.

– Nós nos casamos? Ah...

– Não tivemos filhos, porque você era estéril. E depois nos divorciamos.

– Eu nunca me divorciaria de uma garota como você – arrulhou ele.

– Fui eu que pedi o divórcio.

– É mesmo? E por quê?

– Porque você me traiu, seu escroto.

E então, amigos, Fio Régale lhe deu um tapa que merecia estar na Capela Sistina. Fim de conversa e de paquera, o rapaz, todo vermelho de tanta vergonha, saiu correndo para o banheiro para amarrar uma pedra no pescoço e se jogar num mictório. Desconfie dessa Fio adormecida."

Charles Folquet levantou os olhos do jornal para ver a reação da jovem. Ele raciocinara que atribuir-lhe uma reputação de uma pessoa que não se deixa levar poderia protegê-la contra os sujeitos inconvenientes que certamente ficariam borboleteando em torno dela. Fio sorriu, circunspecta. Achava divertida, mas também um tanto apavorante, aquela magia que a fazia existir e falar coisas sem que fizesse nada disso. Via aí uma vantagem, era bem menos constrangedor e cansativo do que obrigar-se a participar de toda aquela hipocrisia social. Mas, ao mesmo tempo, sentia certo mal-estar diante da construção de um clone dela mesma dotado de vida própria.

Com o acordo de Bojarski, Fio recusara todos os insistentes pedidos das agências fotográficas que queriam fazer retratos dela. O consultor de comunicação via nisso uma forma de incrementar o mistério. Fio queria preservar a sua tranquilidade. Além disso, lembrava-se de uma reportagem sobre os papuas, que acreditavam que a alma era capturada pelas fotos que tiravam deles. Fio achava que eles tinham razão. Charles Folquet lhe mostrou uma revista. Ela ficou surpresa ao ver uma fotografia sua encimando um artigo. Era uma foto roubada, mas nada de muito negativo: estava passeando na rua, a foto era fluida, granulada. Imaginar que milhares de pares de olhos a haviam visto através daquela imagem, que um paparazzi se dera ao trabalho de segui-la, tudo isso lhe deu a sensação de que não era ela que estava ali. Pois ela não era uma pessoa que milhares de desconhecidos podiam ver. Lembrou-se das fotos dos pais publicadas nos jornais, e isso produziu nela o efeito de um mandado de busca.

Fio nunca fizera nada para ser popular, sociável, sedutora. Dessa maneira, seguindo a lógica segundo a qual as pessoas só se sensibilizam com aqueles que, expondo as qualidades delas, lhes proporcionam um consolo para os seus preconceitos, poucos a viam, e poucos gostavam dela – não que houvesse motivos para essa falta de apreciação, mas, como Fio não fazia questão de emitir nenhum sinal que demonstrasse o contrário, concluía-se que ela não era apreciável. Durante anos, ela fora invisível. Não manifestava nenhum interesse por jogos sociais, esses subterfúgios indumentários e retóricos que permitem provar para os outros que você existe. Vivera como um fantasma. E tudo comprovava isso: sua desconfiança meio travessa no que tange às relações de força no dia a dia – as mesmas relações de força que se condenam quando se fala em tanques na Tchetchênia, mas que nem sequer se comentam quando se trata de seres desarmados –, a falta de apetite para competir, como todo o mundo, pelo emprego que se quer, pelo homem desejado, pelo croissant mais quentinho no balcão da padaria, para ser a amiga preferida, o colega respeitado. Havia tanto esforço por fazer para existir aos olhos dos outros, tanta energia por gastar para se sentar no trono de seu pequeno e apreciado valor, tanta força desperdiçada. Quem se recusasse a fazer tudo isso era um fantasma. No entanto, nos últimos dois meses, ela passara a existir, como se a realidade tivesse sido fecundada e ela, depois de uma gravidez rápida demais, nascesse diante dos olhares de todo o mundo. Sentia-se prematura, frágil, e, apesar de tranquilizadoras, as atenções de Charles Folquet não tinham a capacidade de substituir a incubadora de que tinha necessidade.

Durante toda a juventude, as palavras de Fio tinham sido folhas mortas. Saíam verdes, cheias de nervuras fininhas, mas logo depois, imediatamente, amareleciam, avermelhavam-se e murchavam. Agora era diferente: o que ela dizia era nutrido com a seiva da atenção dos outros. Surpresa, via os interlocutores colherem as suas palavras e tentarem experimentar os frutos que acreditavam ver amadurecer em suas frases.

Para seu grande espanto, Fio constatava que as mudanças resultantes de sua nova situação pareciam mais físicas do que psicológicas. Não estava mais feliz, nem mais infeliz; tinha, porém, a nítida sensação de que a força da gravidade estava menos poderosa. A própria Terra havia encolhido. Ia a Londres ou a Madri com a mesma facilidade que tinha antes para chegar até a estação final na sua linha do metrô. Aliás, pegava cada vez mais raramente o transporte público: para qualquer coisa, Charles Folquet lhe mandava um táxi.

Antes, a geografia do seu cotidiano era simples: abria a porta do apartamento da rua Baxt, descia as escadas, andava até a esquina e encampava mentalmente o estado de espírito de alguém que tem uma tarefa por cumprir, mas sem nada realmente para fazer. Caminhava a passos firmes até topar, por acaso, com o objetivo desconhecido de sua determinação. Às vezes, abria a porta do apartamento para ir comer um brioche sentada no banco de algum parque. Às vezes, abria a porta do apartamento simplesmente para pôr o lixo para fora. Outras vezes, abria a porta do apartamento para ir ao cinema.

Agora ela tinha objetivos: vinham pegá-la, mandavam-lhe convites, inventavam tarefas e roteiros para os seus dias. A bússola de seu renome apontava sempre para locais acolhedores e aquecidos, providos de muita alimentação e pessoas de bom gosto, onde o bom humor e os sorrisos reinavam sozinhos. Só excepcionalmente acompanhava o ritmo dessa alegria toda, dessa cultura, mas, quando isso acontecia e ela depois voltava para casa, para o seu pequeno apartamento vazio e mal aquecido, era perturbador o contraste entre o mundo externo repleto de sorrisos e cuidados e aquela fria, cortante realidade.

A solidão a aguardava sentada no sofá jogando bilboquê. Fio a preservava como um tesouro de seu passado. Era uma das poucas coisas que se mantivera fiel a ela. Pensava no absurdo desse sentimento, pois sabia que existia em algum lugar pessoas que sofriam dos mesmos males e que se pareciam com ela. Talvez nunca viessem a se encontrar, mas acabariam repousando em sepulturas a poucos metros de distância, mesclando-se, finalmente, na morte. Antecipadamente, Fio tocava no chão, convencida de que ali viveriam o seu amor e a sua amizade.

Graças à influência de Charles Folquet na prefeitura de Paris, os postes de luz da rua Baxt tinham sido consertados. Sua luminosidade, agora tão forte quanto a de refletores, desnudava as calçadas e os prédios. A penumbra fez a sua saudação reverente e mudou-se para algum local mais propício para a sua eclosão. Fio sentia que essa luz nova modificava a própria substância do seu entorno. Outra novidade: viaturas da polícia passavam agora regularmente diante de sua janela. Não sabia se era para protegê-la ou para vigiá-la.

A morte de Zora foi noticiada na televisão. Fio nunca imaginara que sua amiga fosse tão conhecida. Soube da notícia pelo jornal da noite, depois de um episódio de *Superballoon*. Segundo o repórter, a ex-modelo tinha sido morta pela polícia japonesa quando invadia um laboratório de pesquisa genética. A câmera varria todo o edifício cinza; soldados tentavam conter a multidão de curiosos. O sol de Osaka difundia um chuvisco esverdeado difuso, como a luminosidade de um brejo. Zora reagira, e dois policias tinham sido mortos. As fotografias que ilustravam a reportagem exibiam uma Zora que Fio nunca tinha visto, além de imagens de desfiles de quando ela ainda era uma top model. Era linda, muito linda, observou Fio, mas tão linda quanto as outras garotas que atuavam junto com ela, de uma beleza ao mesmo tempo extraordinária e banal. Zora teria odiado a exibição dessas imagens, desses ex-votos provocantes. De certa maneira, aquela garota já estava morta fazia bastante tempo, e a mídia finalmente registrava o falecimento. Ninguém nunca ficaria sabendo que dela surgira outra Zora, que sobrevivera, e que esta última é que tinha sido morta no Japão. E dessa morte ninguém tomaria conhecimento.

Fio não chorou. Tinha perdido entes queridos tão jovem, que já se acostumara antecipadamente com o desaparecimento das pessoas que amava. Quando começou a sentir que Zora se tornara sua amiga, tempos atrás, chorou, então, por conta do dia em que a perderia, e já tinha construído uma pequena sepultura para ela no cemitério de seu coração. Fio não acreditava em Deus, mas sabia também que o ateísmo é uma quimera. Inventara, então, as suas próprias crenças. Arrancou uma violeta num canteiro de Buttes-Chaumont, pois, segundo a sua mitologia íntima, quando se colhia uma flor pensando numa pessoa amada e falecida, o seu perfume e a sua beleza se transferiam para o além.

O corpo seria repatriado para a França. Fio contratou um advogado internacional para cuidar de todas as formalidades diplomáticas e cuidar também de seu enterro. Lembrou-se de uma de suas conversas sobre a morte por ocasião de uma Noite Tóxica. Zora preferia normalmente falar sobre a morte dos outros, mas, naquela noite, o rumo da conversa levou-as a se perguntar a respeito do destino que seria dado aos seus corpos quando eles parassem de produzir o seu espantoso tique-taque orgânico. Concordaram em que deveriam ser rejeitados absolutamente os sombrios e tristes cemitérios parisienses, que não davam nenhuma vontade de parar de respirar. Não viam graça nem mesmo no Père-Lachaise: grande demais, muito previsível, já lotado de imbecis. Zora fez a assinatura da revista internacional *Cemeteries* e de diversos jornais de serviços funerários para, como uma consumidora consciente, fazer a sua escolha. Alguns antigos cemitérios ingleses possuíam um charme maravilhoso e encantaram as duas amigas. Mas Zora detestava demais os ingleses e a Inglaterra; não se poria ao lado deles nem mesmo morta, já que, nessa condição, não teria como se defender. Na edição especial de *Cemeteries* do verão anterior, dedicada a cemitérios charmosos, chamou-lhes a atenção um lindo cemitério inglês no Sul da Bretanha, na região de Guérande. Localizado num terreno à beira-mar, o local era magnífico, a vista, belíssima, principalmente à noite, quando as estrelas se refletiam nas águas tranquilas. O jardineiro do cemitério, seja por preguiça, seja por ter um gosto muito delicado, arrumara o cemitério dentro da mais bela desordem. A grama não era cortada havia anos, os arbustos não estavam podados, assim como as pequenas árvores, cujos galhos, carregados de carmins e rosas, pendiam até o chão.

Em meio a essa deliciosa e vasta anarquia da vegetação, as lápides não faziam feio: inclinadas, espalhadas aleatoriamente pelas aleias, cobriam-se de musgo e de líquen, como se fosse uma maquiagem. Seus poucos jazigos maiores não tinham a aparência comum e horrorosa dos jazigos franceses. Eram esculpidos em pedra escura e erodidos pela intempérie e pelo ar iodado; estátuas desgastadas encimavam alguns dos mais bonitos entre eles, e não era incomum esquilos e pássaros se refestelarem sobre eles, além de esconderem ali seus alimentos e suas crias. Zora decidira que, se um dia tivesse de morrer, só o aceitaria com a condição de ser enterrada nesse paraíso.

Mas, dez dias depois da morte de Zora, o advogado informou Fio de que o avião tinha desaparecido na região do mar da China.

Rememorou as horas que tinham passado juntas, o ódio cheio de meiguice da amiga, os cuidados que lhe dirigia, seus chapéus extravagantes, suas sessões de tiro. Essas lembranças não provocavam nenhuma tristeza, pois não lhe pareciam coisas do passado perdidas em lugares distantes da memória: todas as pequenas coisas que diziam respeito a Zora estavam presentes. Seu sorriso cínico, sua maneira de expelir a fumaça do cigarro, suas convicções impiedosas e seu humor desiludido, suas Operações Especiais, os passeios que faziam, as conversas tidas sob as rajadas do canhão de neve, o movimento de seus cabelos pretos, as Noites Tóxicas, as noites passadas assistindo à sua série preferida, os quatro Natais passados juntas... Tudo isso formava um céu concreto para Fio, e cada elemento referente à amiga tinha ali o seu lugar, como uma nova estrela, um planeta, uma nuvem ou um pássaro. Zora se juntava a esse céu, não religioso mas tangível, que abrigava a lembrança de seus pais e de sua avó e que, com pequenos toques, se preenchia um pouco mais.

Não estava triste com a morte da amiga, mas sim por si mesma, pois acabava de perder a única pessoa com quem podia contar.

O cinismo e a misantropia de Zora a haviam impedido de experimentar, ela própria, diretamente, esses sentimentos destrutivos. Agora, temia ter de enfrentar, sem nenhum apoio e sob novas regras, a fogueira das relações sociais.

Passou a morar sozinha no prédio da rua Baxt. As guimbas de cigarro esmagadas nos degraus da escadaria eram como sementes que carregavam em si a presença de Zora. Toda noite Fio visitava um dos apartamentos da amiga, limpava os pés na entrada, sentava-se no sofá, sem nenhuma tristeza, mas com a voluptuosidade de quem ainda gozava da companhia da outra. Com esse sentido oculto que é a lembrança, acariciava os lugares por onde a amiga havia passado. Não esvaziou as geladeiras, deixando a comida apodrecer e os fungos seguirem em frente em seu caminho. As coisas que tinham pertencido a Zora continuavam vivas. Fio sentia nelas a sua presença. Colocava flores dentro dos vasos, sem água, feliz por poder presentear a amiga com esses perfumes, e, quando aspirava essas rosas, deixava-se levar pela ideia de que, dessa forma, se comunicava com ela. Essas atitudes não eram ditadas por nenhuma morbidez nem por algum tipo de espiritismo ingênuo. Ocorria, simplesmente, que os mortos se tornavam rapidamente familiares para ela. Era-lhe natural senti-los próximos e render-lhes homenagem.

Em sua vida não havia lugar para o abatimento. Sentia-se até feliz ao passear pelo reino de Zora, investida de uma força renovada, uma força que se lastreava na certeza de que elas tinham se conhecido e sido amigas. A realidade dessa amizade se irradiava no momento presente, desalojando o drama da ausência. Zora tinha apenas se escondido, como uma garotinha que, brincando de esconde-esconde, pede que contem até dez. A morte não é nada mais do que um esconderijo. O melhor deles.

No dia seguinte ao anúncio da morte de Zora, ela retomou o rame rame de sua vida tornada agora extraordinária. Charles Folquet lhe deu uma grande quantia de dinheiro como adiantamento pela venda de seus quadros. Pela primeira vez na vida, ela fez compras sem se preocupar com os preços. Ou melhor: via o preço de determinada mercadoria de que tinha gostado e decidia não lhe dar nenhuma importância. Apesar de tudo, seu coração se acelerava visivelmente quando ela pagava uma fortuna por uma torta de morango numa doceria, por um belo livro de arte, filmes, uma sacola lotada de romances ou a coleção completa dos discos dos Beatles. Mesmo dividida entre a ânsia de possuir coisas que sempre desejara e um difuso sentimento de culpa, conseguia aproveitar esses presentes que oferecia a si mesma. Eram poucos, pois ela não gostava de tantas coisas assim, e a atração bastante limitada que sentia por roupas e futilidades em geral a impedia de gastar ainda mais. Percebia como soava alto e favoravelmente, aos ouvidos de sua carteira, o canto da sereia do luxo. O dinheiro a acalmava, mas ela sabia que esse instrumento de liberdade podia levá-la a ficar prisioneira de gostos que se adaptariam à sua fortuna. Fio não queria se tornar uma pessoa que a criança de oito anos que ela fora um dia não reconhecesse. Somente as refeições tinham realmente melhorado: comprava queijos italianos, embutidos espanhóis, e, de vez em quando, alguns pratos exóticos na Picard – o cúmulo do luxo.

Não comparecia aos jantares para os quais era convidada, não frequentava as exposições muito concorridas, mas, de tempos em tempos, obrigava-se a aceitar alguns convites de Charles Folquet, que era um rapaz muito gentil. Quando ele insistia incomodado, ela não tinha coragem de desapontá-lo, e permitia, não sem ironia, que o jovem fosse o seu acompanhante. Nesses encontros, ela dava respostas como se fosse um robô, as palavras não provinham da boca, e sua mente parecia travada, como se uma sujeira lhe emperrasse as engrenagens. Mas ninguém se incomodava com isso: o importante era ela estar presente. Em compensação, Fio se aproveitava da comida com uma gula infantil, maravilhada, escolhia os pratos mais caros sabendo que não precisaria pagar nada, e não hesitava em pedir duas sobremesas.

Teve conhecimento de que havia quem a considerasse desprezível por declinar da participação em qualquer vida social e recusar-se a se encontrar com pessoas que queriam conhecê-la. Mas isso, mais do que aborrecê-la, deixava-a feliz. Já esperava julgamentos equivocados a respeito de suas escolhas pessoais e que as interpretassem de modo desfavorável a ela. Um jornalista que escrevera um artigo a seu respeito insinuara que ela, por isso, lhe devia alguma coisa; diversos artistas queriam que ela, do alto de sua nova e injustificada autoridade, avalizasse as suas obras. Mas Charles Folquet a tranquilizava, dizendo que ela não devia dar nenhuma importância àquele circo. E ela não dava mesmo, apesar de se sentir envergonhada de ter o poder de envergonhar os outros sem querer.

O Grand Palais estava à disposição dela por três semanas. Claro, para tanto precisaram suspender uma exposição dedicada a Piranesi, mas a descoberta de uma artista plástica do valor de Fio Régale merecia a primazia. Piranesi fizera a gentileza de morrer havia mais de dois séculos, e podia esperar sem resmungar muito. Antes de entrar no salão da exposição, Fio sentiu a barriga se contorcer. Para se acalmar, enrolou uma mecha dos cabelos no indicador, e depois os arrumou num rabo de cavalo. Temia olhar para aqueles quadros, dos quais tinha apenas uma vaga lembrança. O descompasso entre a importância cândida que ela lhes atribuía e o interesse que despertavam a aterrorizava. Questionava-se se, ao vê-los, acreditaria ter realmente talento. Achava que não seria o caso e, mais fortemente ainda, rezava para que acontecesse o contrário:

que gostassem de seus quadros, não por ela, mas para que aqueles que a defendiam não se sentissem embaraçados.

Charles Folquet e Bojarski tinham ido pegá-la uma hora antes. Entraram por uma porta de serviço enquanto uma pequena multidão aguardava a hora na entrada principal. A partir daí, os dois começaram a tomar as providências necessárias, falando ao telefone e conversando com a equipe. Mesmo depois de ser apresentada ao curador, Fio rapidamente se viu sozinha. Isso lhe caía muito bem, pois era o tipo de sentimento que ela conhecia à perfeição e no qual sempre soubera encontrar a liberdade.

Andou pelo museu, passando por corredores e salas cheias de colunas, esculturas e quadros. Sentia-se observada, julgada e medida pela multidão de personagens pintados e esculpidos, como se eles vissem nela uma concorrente perigosa que poderia relegá-los ao subsolo do museu. Havia desconfiança nos olhos de alguns cavaleiros, desprezo no rosto das duquesas cheias de pó de arroz, e Fio compreendia esses sentimentos. Por fim, cruzou o umbral da sala de exposições.

O silêncio deixava vagos todos os lugares para os fantasmas; e, realmente, somente fantasmas poderiam ser responsáveis pela terrível solenidade que, pouco a pouco, como o sopro de um hálito milenar, tomara conta daquele lugar. Inúmeras obras-primas já tinham envelhecido naquela atmosfera, deixando nela a marca de seu perfume, de modo que, pensou Fio, mesmo as outras obras, mais obscuras, poderiam exalar a fragrância de uma genialidade que não lhes pertencia. É o que acontece no caso das trufas, lembrou: basta fechar uma trufa numa caixa junto com a mais comum das batatas para que esta se impregne de seus cheiros e exale, depois, o mesmo aroma. Seus quadros se aproveitariam desse processo químico, cuja eficácia se reforçava, ainda, com o incenso daqueles que a haviam aclamado.

A sala, redonda e iluminada, elevava-se em forma de cone até uma abóbada de cor pastel; o assoalho brilhava; nas paredes brancas, os quadros estavam perfeitamente alinhados. Paralisada, Fio mantinha-se sob a moldura dourada da entrada. Observou-os um por um, da esquerda para a direita e da direita para a esquerda, e sentiu uma forte tontura ao descobrir, depois de alguns segundos, que eles estavam todos cobertos por panos. Por um momento chegara a pensar que as suas pinturas tinham sido todas elas completamente apagadas. O terror tomou conta de sua mente, como um maremoto. Só depois reconheceu as curvas e as sombras do algodão. Tecidos protegiam os quadros da poeira e da curiosidade. O terror de sua presença substituiu, então, o de sua ausência.

Ela se encaminhou para a entrada, onde estavam Charles e sua equipe. Artigos espalhavam-se por painéis dispostos dos dois lados do hall. Aproximou-se e viu que eles homenageavam Abercombrie e reconstituíam a sua carreira. Várias personalidades louvavam o seu talento de ter dedicado toda a vida ao talento: Andy Warhol, Malraux, alguns presidentes de algumas repúblicas, um florilégio de artistas famosos, assim como Guérinet Escriban, Alumbrados Granvelle, Ottaviani, Chamay e, é claro, o próprio Charles Folquet. A loja do museu expunha obras dedicadas ao grande homem.

A abertura será daqui a alguns minutos, disse Charles Folquet, com a excitação saindo-lhe pelos olhos. Nos olhos de Fio, a gigantesca porta de entrada se movia como se estivesse sob a pressão de um dragão que quisesse sair voando para fora de sua toca. O pânico tomava conta dela, um pânico calmo, o mesmo medo que ao longo dos anos ela aprendera a conter, mas que começava a mostrar sua cara. Não queria outra coisa a não ser fugir dali. Pensou nisso muito contidamente, para que ninguém se desse conta. Finalmente explodia a certeza desesperada de que ela era uma prisioneira, justamente quando a porta começava a se abrir para receber pessoas que gostavam dela. Preferia que estivessem ali para matá-la. Seria mais honesto. Não podemos nos defender da admiração, não podemos desconfiar de quem gosta de nós, é uma guerra da qual sairemos sempre perdedores.

A porta rangia sob os golpes das asas do dragão. Ela não tinha como fugir. As pessoas, do lado de fora, a barrariam, Charles Folquet a seguraria, ela não era egoísta o bastante para estragar todos os seus esforços. Havia ao seu redor uma grande máquina em marcha, da qual ela sabia ser apenas uma engrenagem. O ponteiro de segundos do relógio em cima da porta aproximava-se do momento fatídico. A hora tinha chegado. Abriram-se as portas.

Fio permaneceu na entrada e recusou-se a fazer qualquer comentário sobre os quadros ou mesmo a ir vê-los, alegando a necessidade de recepcionar os visitantes. O hall era quadrado; os convidados eram quadrados, era a condição para entrar ali, conversavam a respeito de ideias quadradas utilizando palavras quadradas. Fio raciocinou que aquela simpática colônia de pinguins civilizados, com seus olhos quadrados, só conseguia ver aquilo que se encaixasse em suas órbitas. Pensava nas histórias tristes que se escondiam nos recantos escuros de seus rostos. Alguns, que eram assim encarados pelos olhos perdidos dela, achavam que ela estava lhes dirigindo uma saudação.

Fio teve a sensação de estar sendo servida numa bandeja. Todo mundo queria experimentar a sua presença, como se ela fosse comestível. A admiração embute um canibalismo sublimado. Aqueles homens todos e aquelas mulheres todas lhe sorriam vorazmente, seus dentes afiados brilhavam nas gengivas vermelhas, suas línguas vibravam de excitação. Ela não dizia nada, a não ser no momento de distribuir alguns cumprimentos e as amabilidades de praxe.

Como Fio dominava a delicada arte de não saber como se comportar em diversas oportunidades, deixava-se levar pela firmeza dos outros. Foi apresentada a um sem-número de pessoas; guardava a primeira letra de seus nomes, um pedaço do rosto, uma orelha, um paletó, os sapatos. Ao final, a multidão compunha um único ser, monstruoso.

O redator-chefe de um jornal que tinha forte influência sobre as pessoas influenciáveis beijou-lhe a mão; ele tinha dois braços, duas pernas, um nariz, enfim, toda a parafernália necessária, sem que houvesse, portanto, nenhum motivo para duvidar de sua natureza humana, apesar de sua mania de matraquear ininterruptamente. Ele fala, e falava, mas suas palavras eram tão esfareladas, que Fio não conseguia captá-las. Sua esposa trajava um vestido de alta costura lavável a seco e um juízo estético que podia ir para a água fervente sem problemas. Uma jovem usava um brinco, uma pequena sacola bege e um amor de caxemira pura pelos artistas. Alguns acadêmicos da vanguarda a cumprimentaram com apertos de mão; alguns cardeais na retaguarda, para não ficar tão para trás e poder vencer a competição, apertaram-lhe as duas mãos. Teve direito também a vários beijinhos. Fio sentia dificuldade de conseguir diferenciar os consumidores da retaguarda e os da vanguarda: todos convencidos de estar certos porque seus irmãos inimigos estavam errados. Uns acusavam os outros de ser fascistas; os outros acusavam uns de ser stalinistas. Isso divertia Fio, mas a violência e o terrorismo presentes nessas batalhas faziam-na sentir-se mal. Várias vezes pôde constatar que não havia nenhum Tratado de Genebra capaz de impor regras ao combate.

Entre os anônimos, Fio reviu alguns carneiros de dentes compridos que já havia encontrado naquelas semanas.

Um velho senhor apareceu, bengala na mão, com ar de príncipe e uma indecência sintética esculpida no rosto por várias cirurgias plásticas. Os olhares acompanhavam os seus rastros. Granvelle franziu as sobrancelhas e, desesperado ao ver que lhe roubavam todas as atenções, deixou o hall e passou para a sala da exposição. Fio só queria uma coisa: comer um crepe no restaurante de Misha Shima. Sentia um enjoo só de pensar nisso. Apesar de tudo o que havia ao redor, concentrou-se para tentar materializar a ideia. É possível desejar uma doença conhecida para com ela escapar de outra que seja misteriosa; Fio via na indigestão um asilo abençoado, que, com suas desagradáveis manifestações, podia afastá-la de uma realidade que ela não controlava. Charles Folquet apareceu e apresentou-lhe o homem da bengala como o papa de um movimento cheio de palavras do qual Fio reteve apenas "modernismo". Era o homem que havia escrito um artigo defendendo-a contra as acusações de Servet de Casa.

Diferentemente de Alumbrados Granvelle, que era artista, crítico e *marchand*, Grégoire Cardenal era crítico, *marchand* e artista. Essas diferenças tornavam ainda mais forte o ódio que nutriam um em relação ao outro. Aos dezoito anos, ele prometera a si mesmo que se tornaria um Picasso, seria isso ou nada, e conseguira concretizar a sua vocação transformando-se em um nada. Um nada que tinha admiradores, bastante assíduos na televisão e nos jornais, com uma presença no mínimo mais durável do que uma flatulência. Para fazer com que os outros o achassem inteligente, ele falava mal de tudo o que fosse besteira.

Grégoire Cardenal era uma espécie de velociraptor, um terópode de tamanho médio, de frágil constituição. Tinha apenas nove dedos, devido a um acidente ocorrido no meio das barricadas durante a sua juventude de contestador. Tinha grandes unhas encurvadas; a do segundo dedo do pé era hipertrofiada e constituía uma arma temível. Sua cauda mantinha-se rígida e na horizontal por meio do extremo alongamento da apófise das vértebras, o que permitia a Cardenal ser um corredor ágil e veloz: era dessa forma que se lançava sobre as suas presas para destroçá-las. Apesar de enorme, sua cabeça não era pesada, devido às enormes cavidades que permitiam às suas poucas ideias ressonar com força e, dessa forma, parecer bem mais importantes do que realmente eram. Seus maxilares abrigavam duas fileiras de dentes compridos em forma de punhal; bastava um sorriso mínimo para afugentar os outros machos. Não constituíra família: apostar em crianças para forjar uma descendência era algo aleatório demais. Crianças adoecem, morrem, fogem, casam-se com a filha de um carteiro. Obras de arte são mais disciplinadas. E também mais sólidas. Vivem mais tempo e, acima de tudo, não é preciso trocar as suas fraldas. Ele defendia que o artista cria o seu próprio útero no lugar do útero natural, não descontente em retirar das mulheres o primado da gestação. Não era, porém, misógino. Muito ao contrário. Aliás, como prova disso, pintara um quadro intitulado *Amor da Mulher*.

Pertencia à categoria dos psicopatas educados. Não encerraria os seus dias numa prisão ou num asilo, mas sim à frente de alguma instituição cultural ou numa academia. Sua educação e o seu meio lhe tinham possibilitado domar a sua loucura sádica. Não era um assassino armado, não que isso fosse ruim, mas não era algo muito certo, o que é pior. Matava com palavras, cometendo pequenos horrores nas primeiras páginas dos jornais, massacrando nos salões, principalmente a arte, da qual se considerava o cavaleiro branco. Estava disposto a sacrificar muita coisa pela arte, sem nunca ter percebido que o que se sacrifica pela arte é a própria arte. Por ocasião dessas reuniões cerimoniosas que são os coquetéis e as exposições, distribuía punhaladas com o sorriso, ignorando esta ou aquela pessoa, desdenhando outras, saboreando a sua posição de superioridade em relação aos mais jovens ou aos menos graduados dentro da hierarquia artística. Conjurava a morte por meio de sacrifícios humanos invisíveis, sacrifícios não pela verdade, mas sacrifícios da verdade, que ele vestia com diferentes roupas conforme a estação do ano. Seu andar padecia da doença que esculpia a morte dentro de seu corpo. Um câncer no fígado construía a sua morada dentro dele. Isso não o amedrontava, pois passara a vida toda acreditando apenas naquilo que pudesse ser refletido por um espelho. Logicamente, tomara o cuidado de não se cercar desses espelhos comuns que se encontram em qualquer loja; escolhera os seus próprios espelhos, aqueles que produzissem a melhor imagem dele próprio, e, portanto, a mais correta: os jornais, as câmeras de televisão e a admiração de um pequeno grupo de pessoas fascinadas. E, graças à maquiagem, à luz dos refletores e às miríades de olhos apaixonados, seu corpo não exibia nenhum traço de sua doença.

Quase em todos os lugares, na mídia, e quase para todo o mundo, ele passava como o grande defensor da arte, pois tinha escrito um livro chamado *A defesa da arte*; da mesma forma, era a favor da liberdade, pois tinha escrito um panfleto chamado *Em favor da liberdade*. Homem refinado, era dotado também de grande coragem, a qual o levava a se engajar na luta contra o imperialismo cultural anglo-saxônico, o que lhe permitia promover o imperialismo de seus amigos. Achava insuportável que obras de arte fossem vistas como mercadorias, mas não chegava a deixar de vendê-las, sendo dono de uma enorme fortuna acumulada graças à sua atividade de *marchand* e à de artista. Era o estereótipo perfeito do homem livre e original, um lapso de oitenta quilos com uma bengala.

Em sua revista, *L'Estomac*, ele escrevera um artigo elogioso sobre Guérinet Escriban, principalmente porque a retórica lhe permitia detectar certo brilho em suas obras. Além disso, tendo um medo pânico de passar ao largo de um grande artista, distribuía, sim, muitos certificados de relevância e de talento, assegurando-se, assim, de não errar muito o alvo. É fácil mencionar grandes artistas malditos que não foram defendidos por ninguém, que foram ignorados e incompreendidos. Em contrapartida, ninguém se lembra da grande massa de autoridades que incensaram artistas ruins, pretensiosos e da moda, esquecidos pela posteridade.

Dirigiu-se a Fio durante vários minutos. Falava-lhe com afeição e modéstia, principalmente a respeito de si próprio, assunto cuja dimensão sempre o surpreendia. Contou-lhe algumas histórias de Ambrose Abercombrie, episódios que dizia ter vivido com ele; deixava-se levar, revelando suas relações de amizade com grandes artistas das décadas anteriores. Fio se sentia incomodada diante do velho de língua hábil e irônica. Não encontrava nada para responder a Cardenal, o que acabava caindo bem, já que ele lhe fazia pouquíssimas perguntas, e, quando se permitia fazê-lo, logo se apressava, ele mesmo, a responder. Cardenal deixou Fio como uma fera abandona uma presa desmembrada e devorada, saciado e satisfeito depois de ter conseguido demonstrar-lhe a sua importância. Passou pela superfície das retinas de Fio. A jovem piscou os olhos, e ele então desapareceu rapidamente, como se fosse poeira. Durante esse encontro unilateral, ela permanecera em silêncio. Mas existem em alguns silêncios um fogo bem-vindo que incendeia propositadamente as frases ressequidas daquelas que sabem falar bem.

Quando Fio o viu afastar-se, elegante e patriarcal com sua bengala, uma curiosa sensação de distanciamento em relação a tudo o que a rodeava e a tudo o que estava vivendo levou-a para bem longe dos tinidos das conversas e daqueles pedaços de cores móveis e falantes. Sentiu-se não vivendo em um filme colorido ou em um filme em preto e branco, ou mesmo em um daqueles filmes mudos e acelerados: sentia-se fazendo parte de um mundo de pinturas rupestres como as de Lascaux, com animais selvagens desenhados nas paredes, mulheres generosas e apelos aos espíritos. Nada era mais concreto, naquele momento, do que a certeza de que estava em uma caverna, em um mundo pré-histórico, sem a capa protetora da civilização, bem distante de qualquer ideia de modernidade.

Fio se sentia aterrorizada pela multidão e pelos indivíduos isolados que tinham potencial para se tornar, também eles, uma multidão. No hall de entrada, a corja falava usando as suas dezenas de línguas e agitando as suas centenas de mãos. Era demais. Fio começou a suar nos olhos de tanto ver essa paisagem de pessoas agitadas. Correu para o banheiro e abriu a torneira para ver e tocar alguma coisa real, que flui há milênios. A água gelada em suas mãos a acalmou, remetendo-a a uma sensação já conhecida; todo o seu ser se concentrou, então, no jorro frio que atingia sua pele branca.

Queria sair correndo para se esconder em algum lugar. Queria que fosse um local a partir de onde pudesse fugir. Suas pernas levaram então sua mente para um ponto onde ela podia retomar as rédeas. Viu-se na rua. A noite suave se afastara, dando lugar a uma tempestade. Seus cabelos grudaram na testa. Abrigou-se sob um portão enorme. A noite se infiltrava pelas mechas de seu cabelo ruivo. O coração batia forte, os ouvidos estavam tapados como se tivesse acabado de acontecer um atentado.

Agora eles iriam saber, iriam descobrir a verdade. Soltou o rabo de cavalo para que o rosto desaparecesse por baixo dos cabelos. E pressionou os olhos com os pulsos.

Emeraldia segurou as mãos geladas e molhadas de Fio. A velha a identificara ao sair da exposição. Uma coisinha de nada protegida por um sobretudo verde, encolhida num canto escuro. Dissera alguma coisa para o motorista e avançara até ela. A Bentley, estacionada isoladamente, parecia uma pantera negra. A luz dos faróis do carro era filtrada pela chuva. Emeraldia passou a mão na testa de Fio. Esta lhe sorriu e voltou os olhos para a grande entrada iluminada do Palais. Um grupo de convidados fumava e conversava, suas íris metálicas cintilavam na penumbra.

– Não se preocupe. Eles gostaram. Todo o mundo. Cardenal e Granvelle, pela primeira vez, estão elogiando você juntos. Charles Folquet está à sua procura. Acho que nunca se sentiu tão feliz. Começa para você uma nova vida.

Uma tempestade repentina tomou conta da noite. Emeraldia enxugou o rosto de Fio com um lenço. Quinze anos atrás, Ambrose lhe dissera uma coisa bastante intrigante. Não prestara muita atenção, na hora, a essa frase, largada no meio de tantas outras, mas, ao ver a jovem, entendeu que ele não dissera aquilo por acaso. Com sua voz macia, uma voz que nunca se acaba, Ambrose tinha não afirmado, pois esse homem nunca afirmava nada, nem o seu amor nem o seu ódio, pois, como gostava de dizer, ele não acreditava nas coisas que se dizem por meio de palavras. Simplesmente deixara as palavras deslizarem pela língua, como se contasse uma história. Estava deitado numa espreguiçadeira, os olhos escurecidos pelos óculos de sol; o gato estava sobre seu joelho, e, enquanto o acariciava, informou-a da morte de um de seus protegidos. O jovem artista, no auge da glória, morrera de uma overdose. Abercombrie então se virou para ela, um sorriso aberto nos lábios, enquanto lágrimas escorriam sob as lentes escuras, e disse: "Vivemos numa época estranha, não acha? Durante séculos, a maldição da arte foi ser perseguida e censurada. Hoje é como se a maldição da arte fosse ser amada. Querida, não fui feito para este mundo, este não é o meu tempo. Acho que vou tirar umas férias. Ou então morrer."

Emeraldia levou Fio até em casa. O Grand Palais desaparecia aos poucos, como uma ilha cujas luzes lambiam a noite. O rosto da velha senhora estava tranquilo e atraía todas as sombras para os pequeninos vales formados por suas rugas. Seus longos cabelos brancos, soltos, caíam sobre o banco e acariciavam o ombro de Fio, sentada ao seu lado. A menina parece aborrecida, pensou Emeraldia.

Despediram-se tranquilamente. Fio viu o automóvel se distanciar e teve a certeza de que a Bentley acabaria batendo num muro e explodindo inteira. Mas o carro deslizou na escuridão e dobrou a esquina. Fio olhou para as várias janelas ainda acesas dos apartamentos da rua Baxt; ficou parada por alguns instantes sob um poste de luz sentindo o aroma de comida bem temperada, sons de conversas, de televisão ligada. Preferiria que as lâmpadas fortes dos postes estivessem apagadas, para que ela pudesse, mergulhada numa escuridão amistosa, admirar as luzes da cidade. Aquelas janelas iluminadas fizeram-na pensar em olhos enormes. Ergueu a cabeça e observou o seu prédio, cego, apagado, no fim da rua. Digitou a senha da entrada e empurrou a porta. Não apertou o botão da minuteria e pôs-se a olhar para as vinte e três caixas de correio com o nome de Zora. Enxugou as gotas de água do rosto, que irritavam a pele, pinicavam, como se a chuva tivesse ficado salgada. Havia na sua caixa de correio um pacote de papel pardo, com o seu nome escrito em cima. Virou e viu do outro lado o nome de Charles Folquet, o remetente.

Enquanto subia as escadas dos três andares, Fio ficou pensando que devia estar feliz. Sabia disso. Era amada, admirada, respeitada. Devia estar feliz. Suas unhas se afundaram nas palmas das mãos fechadas. Devia estar feliz. Não tinha escolha. Era a lógica.

Por que optara por seguir Charles Folquet e assumir o papel da personagem que acreditavam que ela fosse? Porque achara intrigante ser outra pessoa, ou seja, uma pessoa que outras pessoas, que ela não conhecia, conhecessem. Seguira Charles Folquet para viajar. Aqueles falsos eventos, aqueles rituais, tudo aquilo constituía um país exótico. Achavam que ela falava a língua daquele mundo, mas isso não era verdade: aquele mundo é que a tinha falado, articulado e enunciado, como se ela fosse apenas uma palavra. Acreditara continuar mantendo seu destino sob controle, mas se enganara. Saber se tinha realmente o talento que lhe atribuíam não tinha nenhuma importância. Ela pertencia àquele paraíso artificial no qual não acreditava, sob o jugo de um deus prisioneiro da opinião que seus adoradores tinham dele, sob a forma de uma pessoa que ela não era.

Buquês de flores cobriam o piso à frente da porta de seu apartamento. Belas girândolas e coroas. Fechou os olhos e sorriu. Depois de jogar as flores fora, entrou.

Se tivesse tido vontade de abandonar toda vontade própria, poderia ter sido feliz. Mas não queria ser comprada pela maravilhosa felicidade que estava ao seu alcance e que ofereciam a ela. E, no entanto, bastaria acreditar nisso e declarar fidelidade ao seu destino. Sabia do perigo que existe em se deixar corromper por uma felicidade que não vem de dentro de si mesma.

Não acreditava nas ilusões perdidas. Não, não era isso, ela não tinha perdido nada. Pois era idealista, não acreditava em nada, exceto, talvez, na morte, desde o dia em que vira um gato ser esmagado pela roda de um automóvel. Quando fez nove anos, a avó a presenteara com um diário. Mas ela nunca escrevera nada nele, para não deixar preocupado o belo papel quadriculado ornado com florzinhas, para não ter de constatar, relendo-o, como sua vida era difícil. Em seu novo futuro, um futuro que tinha o excitante cheiro de um carro novo, ela passaria a ler nos jornais as causas da sua felicidade. E isso a aterrorizava ainda mais. Tinha medo dessa glória estranha que atacava a sua solidão maquiando-a e ridicularizando-a.

Fio conhecia muito bem a infelicidade; aprendera a domesticá-la. Antes da primeira visita de Charles Folquet, ela era apenas um animal conhecido do qual precisava cuidar durante alguns minutos diariamente para alimentá-lo e trocar os panos onde dormia. Agora, sentia falta da sua pequena infelicidade intermitente, tão normal e mesclada com risos. A nova e enorme felicidade não tinha o mesmo valor.

Todas aquelas pessoas que haviam conspirado em favor de sua glória tinham sido muito amáveis, servis e atenciosas. Não tinha nada a reprovar em ninguém: tinham-na ajudado e apoiado, nunca ninguém tinha sido tão gentil com ela. É verdade que os modos de algumas delas a assustaram ou a deixaram chocada. Não tinha sido sem um tanto de traquinice que ela presenciara os modos daqueles a quem a arte permitira criar a baixo custo um mundo que introduzia algum brilho em suas vidas cinzentas e uma imitação de excepcionalidade em sua normalidade. Afinal de contas, apenas haviam encontrado uma forma, como outra qualquer, de viver e assim repelir o medo da morte. Apesar das feridas que sentia em si mesma, ninguém tinha tentado feri-la. Era uma loucura. Não tinha ninguém para acusar, ninguém para detestar e tornar possível, dessa forma, que uma ira salvadora se desencadeasse. Sentia-se desarmada diante daquela milícia de sorrisos, amarrada diante do pelotão de fuzilamento daquele exército de mãos estendidas e de lábios amorosos. Essas pessoas lhe provocavam tontura, achava-as grandes demais, e suas ideias lhe pareciam construídas como imensos arranha-céus de ferro e concreto.

Fio tinha conseguido sobreviver ao longo dos anos porque decidira escolher, ela mesma, as suas verdades. Assim, certo dia, decidiu de livre e espontânea vontade abandonar definitivamente a semana e os seus dias, que articulam a vida das pessoas. Desde então, o tempo passara a seguir o curso de seus sentimentos, daquilo que comia ou via. Seu calendário eram pequenos instantes, momentos fugazes passados ao redor do movimento das asas de uma rolinha, ou uma sessão de cinema; suas eras constituíam-se dos livros que lia; suas épocas eram formadas por um cigarro fumado, uma xícara de chá bebida, um morango saboreado. Suas civilizações nasciam e morriam no intervalo de duração da doçura de uma cereja explodindo dentro da boca. Construíra o seu pequeno mundo, onde aproveitava o inverno de cada segundo.

Sentia falta daqueles dias trazidos por uma canção, um filme ou um livro, pequenos golpes de Estado aplicados de forma muito simpática em seu humor.

Naqueles tempos, quando ela era apenas ela mesma e não aquilo que os outros achavam que ela fosse, dias e noites inteiras passavam sem ela e a deixavam no cais. Aprendera a lidar com isso. A sensação, agora, era diferente: as noites passavam sobre ela, sobre cada centímetro de sua pele, noites metálicas choviam lentamente, com gotas que deixavam cicatrizes.

Já imaginava a hora em que se veria vivendo nos jornais e nos olhos admirados de seus fãs ou de seus adversários. Aterrorizava-se diante da ideia de se tornar parecida com a imagem que os outros tinham dela.

Os membros do júri tinham anunciado a sentença: eles a amavam. Isolada no banco dos réus, estava condenada a essa admiração. Sabia que, um dia, alguém entraria com um recurso ou que talvez o processo viesse a sofrer uma revisão. Os juízes e os jurados envelheceriam; os tempos já não seriam os mesmos; a verdade mudaria de mãos.

Não acendeu a lâmpada halógena da sala. A luminosidade dos postes da rua invadia o espaço através das frestas das cortinas. Ouviu a respiração regular de Pélam. Tentou encontrar o seu camaleão na penumbra. Mas ele continuava invisível. Sentada no sofá, examinou o pacote, envolto num saco simples de papel Kraft. Era pesado. Puxou o barbante e abriu o pacote. Apoiou o objeto, protegido por uma embalagem de seda vermelha, nos joelhos. A seda deslizou para o piso e desvelou, assim, o luxuoso catálogo de uma exposição de arte. A capa era macia, o nome de Fio Régale impresso em letras verdes de forma e, embaixo, o nome da cidade de Milão, ornado com o seu brasão. Pôs o livro sobre a mesinha de centro, à frente do sofá.

A sala toda vibrava. Precisava de Zora, para conseguir conter aquele tremor de terra.

Pegou um Popular e fechou as janelas. Fumou o cigarro admirando as acrobacias da fumaça no escuro. Encheu a tigela de Pélam com biscoitos de traças.

Sem fechar a porta, desceu correndo pelas escadas. Devido à carícia proporcionada pela garoa, a rua brilhava. Enfiou uma carta por baixo da porta de Misha Shima e, como se tivesse medo de chegar atrasada a um encontro, saiu em disparada. Desceu a rua de Belleville, passou pela praça da República, continuou pela rua do Faubourg-du-Temple, atravessou a rua de Rivoli, passou pela Prefeitura e, poucos minutos depois, ofegante, o coração saltando pela boca, estava no cais de La Tournelle, em frente à ilha de Saint-Louis. Notre-Dame parecia um navio encalhado.

Nessa noite ainda fresca de mais uma primavera, a ilha de Saint-Louis era o lugar mais belo do planeta. As luzes formavam uma coroa reluzente posta nas margens do rio. Nada de grave poderia acontecer num cenário como esse, qualquer dor seria sobrepujada por tamanha beleza. Fio abriu os braços e encheu os pulmões com aquele ar fresco e aquela luz dourada.

O Sena brilhava com todos aqueles olhos de peixes doentes e reflexos de detritos, como se as últimas labaredas de uma tempestade de napalm se apagassem naquele momento sobre as suas águas.

Na beirada do cais, com a ponta dos sapatos sobre o vazio, Fio apertou a lapela do velho sobretudo verde de tweed com suas mãos flocosas. Abotoou os botões, um por um, e enrolou o cachecol no pescoço. Passou a mão nos cabelos, deixou a testa nua e entrou no Sena.

À medida que penetrava na água gelada, a camada superficial de sua pele se desagregava, os pigmentos multicoloridos das mãos e do corpo se soltavam e se espalhavam aos poucos, como pólen. Quando o corpo finalmente se diluiu, estando ela bem no meio da grande mancha de cores que ela mesma havia sido, mergulhou a cabeça e seus cabelos formaram uma nuvem ruiva no céu preto da água. O sorriso de Fio deslizou por um instante sobre pequeninas ondas e depois desapareceu na escuridão do rio.

Este livro foi impresso na Editora JPA Ltda.
Av. Brasil, 10.600 – Rio de Janeiro – RJ
para a Editora Rocco Ltda.